생전의 진을주 시인

밴드부(드럼 앞에서)

학창
시절

1970년 한가위

1960년 후반 1일 군대 체험

1960년 12월

1979년 7월 2일 세계시인대회

조병화 시인과 함께

황명 시인과 함께

이추림 시인과 함께

도창회 시인과 함께

1979년 월간 『새마음』 편집국장 시절, 새마음봉사단 박근혜 총재와 임직원들과 함께

1980년 9월 새마음 편집국장 시절 편집실 정원

중앙에 조경희 선생이 보인다

2003년 10월 3일 희수기념 나들이

1998년 종로구 견지동 지구문학 사무실에서

형님(진갑주)과 조카 채옥, 금아

베르사이유 궁전 정문

개선문

에펠탑

1996년 '21민족문학회 창립총회' 에서(세종문화회관)

1991년 아내 '김시원 묵란전' (전북예술회관)에서. 김정웅, 이기반 시인과 고임순 수필가와 함께

장녀 경님, 사위 김기철

매제 이주백(사진작가), 장남 동준과 함께

'오! 쏠레미오' 열창

제2회 회장배 테니스대회 쟁탈전(1974. 7. 21)

골프 연습중

낙타를 타고 세계를 가다

처제 김세희와 함께 탁구 게임중

1998년 겨울 가족여행(온양 온천)

1986년 아내 김시원 개인 묵란전(전북예술회관)

2004년 한국문협 심포지엄 참석차

1987년 10월 3일(회갑 기념)

희자매 멤버 김효선(처제), 가수 강진 부부와 가족들이 한 자리에

미당 서정주 선생 내외분을 모시고

2000년 세계시인협회 가야금관왕관상 수상

2009년 고양시 호수공원 꽃박람회에서 진동규 시인, 이한용 시인과 함께

대둔산 여행중 한때(신동명 시인과 김영희 수필가와 함께)

1997년 문협 해외심포지엄(마케도니아에서 송세희 시인, 김년균 시인과 함께)

단체사진

1990년 제27회 한국문학상 수상

백두산 천지에서

호수공원에서 잠시 여유를 갖고

1989년 제1회 청녹두시문학상 수상

한국文人미국 연수단
1989. 2. 17. ~ 21.   국제문화재단(I.C.F.)

世界民族文學 發展을 위한
第2回 文協海外文學 심포지움   주최:中國少數民族作家學會
1991.7.27~29
第2回
해외 한국문학상 시상식
주최:한국문인협회

중국여행

만리장성에서 김정웅 시인과 함께

해외 심포지엄 참석 기념(워싱턴 공항에서)

중국 길림성 연변 서문시장에서(김정오 평론가와 함께)

큰 누님 이장(移葬)을 마치고 잠시

매제와 함께

여양진씨 대종회 추향제에 참석하고(장남 동준과 함께)

여양진씨 대종회 추향제 광경

'88 제 52 차
KOREA Pen 서울국제 펜대회개최 꽃단지조성 기념식수

SEPT. 2 1988

FLOWER GARDEN IN COMMEMORATION OF THE 52ND SEOUL INTERNATIONAL P.E.N. CONG
JARDIN FLORAL EN COMMÉMORATION DU 52ÈME CONGRÉS P.E.N INTERNATIONAL DE SÉOUL

참가국: AUSTRALIA. AUSTRIA. BASQUE. BELGIUM. BRAZIL. BULGARIA. CANADA. CATALAN.
CHILE. C   CYPRUS.   RK. ENGLAND. EST   FINLAND. FRANCE. GERMANY
GUANGZH   NESE. HONG   CHINES   ARY. IC   U. INDONES   EL. JAPAN. KOR
LAT   N   PHILIPPIN   LAND.   GO. SC   ND. SHANGHAI CHIN
                                                                 UGOSLAVIA.

제52차 서울 국제펜대회에서(김영배, 정광수, 김대현 시인 등과 함께)

제52차 서울 국제펜대회에서(정광수, 홍승주, 김영배 선생 등과 함께)

1996년 12월 17일 진을주 시비 제막식
(전북 고창군 무장면 시거리)

시비 제막식에 앞서 인터뷰(KBS)

막내 인욱, 장녀 경남과 외손녀 김영아

김현승 시인 추모기념 시집 《지상의 별들》 출판기념회에서

장조카 진동규 시인 시집 출판기념회

러시아국립극동대학교 한국학연구소 고문 · 자문위원 위촉의 자리에서 홍문표 평론가, 김정오 수필가, 진을주 시인, 김시철 시인(2000. 1. 29. 롯데호텔)

새천년맞이 1999년 12월 31일 변산바다 해넘이 행사

새천년맞이 행사

2006년 8순기념 하이난 가족여행

며느리 김여림, 장남 동준

장녀 경림, 손녀 영아, 손자 민섭, 사위 김기철

차녀 인욱, 사위 김영길

진을주 동산 시비(제막전)

제막 직전의 내외 귀빈들

봉강

진을주 생가

진을주 동산 운영위원 명단

진을주 동산 조성에 협조하신 분들

제1회 진을주문학상 시상식

- 일시 : 2012년 2월 13일(월) 오후 6시
- 장소 : 한일장

수상자 : **추영수** 시인, 수상작 〈**重生의 연습**〉 외1편

수상자 추영수 시인과 시상을 하는 양창국 지구문학 회장

제1회 진을주문학상 상금을 지원해 주신 함홍근 선생께 꽃다발을 증정하고(전달자는 박은석 시인)

수상자 추영수 시인과 심사위원들이 한 자리에

심사경과를 보고하는 이유식 평론가

제2회 진을주문학상 시상식

- 일시 : 2013년 2월 13일(수) 오후 6시
- 장소 : 한일장

수상자 : **최원규** 시인, 수상시집 《**오래된 우물 곁에서**》
　　　　김남곤 시인, 수상작 〈**질마재 봄날**〉

제2회 진을주문학상 상금을 후원한 김문원 수필가

수상자 최원규 시인 내외분과 시상을 하는 지구문학 양창국 회장

수상자 김남곤 시인을 대신하여 수상하는 김용옥 시인과 시상하는 지구문학 양창국 회장

제3회 진을주문학상 시상식

• 일시 : 2014년 2월 13일(목) 오후 6시
• 장소 : 한일장

수상자 : **김년균** 시인, 수상작 〈**완당과 세한도**〉

심사결과를 발표하는
조병무 평론가

수상자 김년균 시인과 시상을 하는 지구문학 양창국 회장

제4회 진을주문학상 시상식

• 일시 : 2016년 2월 12일(금) 오후 5시
• 장소 : 한일장

수상자 : **이향아** 시인, 수상시집 《**온유에게**》

◀ 수상자 이향아 시인 내외분

축하 인사말을 하는
지구문학 대표 진동규 시인

시상식을 마치고

나도 街路樹 列에서 오늘
소축하는 일九
1966. 12. 28
辛夕汀

祝 詩集出版

崔逸雲

真心으로 祝賀 합니다.

알찬 詩心, 날로 달로

發露 하소서 …….

許 素露.

街路 樹에 香薰이

풍겨 옵니다.

12월 28일

朴 不影

街路樹 물으른 同道의
　　伴侶로 삼아 주시오、

　　12月 28日

　　　　　趙 鏞来、

"街路樹" 처럼　정말
반갑습니다
手苦 하였읍니다.

　　　　　鄭 桂 煥

陳乙濟 兄
祝賀하네.

謹祝,
1966

陳乙洲 兄 祝賀합니다.

조용히 거닐어 본 人生의 散策길에서
아침의 햇살을 맞는 街路樹의
잔話입니다.

　　거듭 精進을 빌며.
　　　　1966. 12. 28
　　　　　　　李 基 班

축　　陳乙제 兄!

가로수가　꽃다운　香을
　　먹있네요.
　　　1966.　12. 28
　　　　　최　진심

陳乙洲 兄
祝賀합니다.
街路樹의 德에 젖어보겠읍니다
1966. 12. 20
　　　　洪淳晟

新路樹에　앉는 새는
　　또　食空을　何해
　　　　나를 準備 합니다.
　　宋　政憲

祝

삼가 雅趣의

　　昇華된 境界를

　　조용히

　　그저　바라보며

　　　　12. 28

　　　　고　현 申

아침에　번득이는

　　그　눈빛을 ‥‥。

　　　　1966. 12. 28.

　　　　　世榮 書

祝　衝路樹

1966. 12. 28
이환용

가로수는 그리운 사슴처럼
뿔이 있어 좋다.
1967. 1. 전전전.전남
최종두

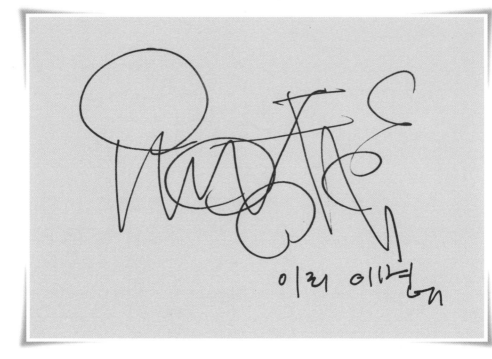

이리 이발소

陳 선생님
祝賀합니다.

1966. 12. 28

吳和英

街路樹 앞에. 조용히.
다정하. 났라. 거닐고
싶음이다~.

1966. 12. 28. 한文源

축 가로수

가로수는 포푸라가 좋다. 포푸라는 키가 커서
좋다.
또 포푸라는 녹성해서 좋다.
저 푹른 하늘을 향해 오르는 그 끈기가
더욱 좋다.
4299년 12월 28일 밤

구 름 자

祝 新刊

빛나도다 "街路樹"
建築과 같이

1966. 12. 28.
造家 印柱成

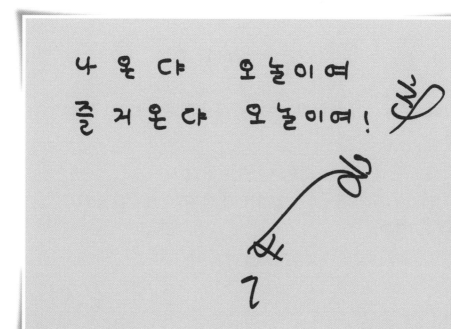

나온다　오놀이여
즐거온다　오놀이여!

진을주시전집

陳乙洲詩全集

한누리미디어

1966년 12월 28일, 그날따라 눈꽃이 만발했습니다.
첫 시집《가로수》出版紀念會를 하던 날, 얼마나 설레셨던가요?
덩달아 가슴 뛰었던 기억이 새삼 뭉클합니다.

"人生하는 데 〈멋〉을 부리되 몸치장으로 섣불리 덤벼드는 無賴漢이 있
는가 하면 …(중략)… 乙洲는 人間으로 사귀어 겪어보고, 詩學徒로서 새
출발을 다짐하는 그대 앞날에 文氣 더욱 왕성하기를 진심으로 빌고 毅然
한 속에서 詩神 옆을 잠시도 떠나지 않도록 거듭 부탁한다"는 신석정 선
생의 서문에 희망을 걸고, 제2시집《슬픈 눈짓》, 제3시집《사두봉신화》,
제4시집《그대의 분홍빛 손톱은》, 시선집《부활절도 지나버린 날》, 제5시
집《그믐달》, 제6시집《호수공원》을 펴냈습니다.

특히 제3시집《사두봉신화》는 원형갑 평론가의 詩 해설에 의하면, 무장
의 영산인 사두봉을 중심으로 이채롭고 의욕적인 구상이라 할 수 있을 만
큼 귀신 이야기를 소재로 한 시편들의 모음이라 했습니다. 또 민간 속에
살아있는 61개의 귀신 이야기를 수집하여 그 하나하나를 詩로써 형상화
하여 현전시킨 시집이라고 하였습니다.

제4시집 《그대의 분홍빛 손톱은》은 여행을 즐기면서 걸음걸음마다 눈부신 靈感이요, 눈에 들어오는 것마다 가슴을 흔들고 불태운 詩로 승화하였습니다.

　멀리는 이과수폭포, 세느강변, 라스베가스, 와이키키해변……
　가깝게는 설악산, 지리산, 오동도, 덕수궁……
　가는 곳마다 감동 어린 詩가 탄생했습니다.

　제5시집 《그믐달》, 제6시집 《호수공원》을 낼 때까지 빼어난 인생 반세기를 오로지 詩와 동행하였습니다.

　그 흔적, 일곱 권의 詩集을 편의상 출판순으로 한 데 묶었습니다.

　마음 고요한 날,
　편편마다 외로운 靈魂과의 對話가 된다면 그 이상 기쁨이 없겠습니다.

　　　　　　2016년 10월 3일

　　　　　5주년 가을 지구문학 편집실에서 아내 始原

차례

차례

차례

제6시집 《호수공원》

유고시집 《송림산 휘파람》

제1시집《街路樹》

陳乙洲 詩集

街路樹

1966년 전북교육출판사 刊/ A5판 양장본, 102쪽

序

인생人生하는 데 '멋'을 부리되 몸치장으로 섣불리 덤벼드는 무뢰한無賴
漢이 있는가 하면, 詩에 종사하되 흡사 레슬링 선수처럼 악다구니를 쓰는
사이비似而非 새치기가 있다. 이는 천부적天賦的으로 갖추어야 할 인간人間
으로서의 격格이 모자람은 물론이요, 후천後天에서는 갖춰야 할 인격人格과
교양教養조차도 모자라는 데서 오는 결과結果로서 모두 치유治癒하기 어려
운 것들이리라.

'멋'이란 미세微細하게 움직이는 동작에서도 추호의 부자연不自然도 수
반隨伴되지 않는 데서 풍겨야 하는 것은, 마치 가는 바람에 사운대는 꽃잎
을 타고 흘러오는 향기처럼 지녀야 할 것이요, 더구나 詩에 종사하는 사람
이고 보면, 태연자약泰然自若하되 의젓하기 거악巨嶽처럼 고고孤高한 자세
로 임해야 우러러 볼 맛이 있을 것이다.

을주乙洲는 인간人間으로 사귀어 겪어 보고, 시학도詩學徒로서 눈여겨 살
펴본 지 여러 해, 이 날 이 때까지 호말毫末의 속취俗臭도 내 눈치채 본 적이
없다.

詩가 잘 되고 못 됨은 그의 천성天性과 공정工程에 맡길 일이요, 詩에 앞
서 갖추어야 할 것은 무엇보다도 인간으로서의 격格에 그 생명生命이 좌우
左右될 것이라고 믿는 것이 나의 지론持論이기에 항상 나는 애증愛憎을 절

연截然히 판가름하는 데 내 생활의 신조信條로 여기는 까닭이 있다.

을주乙洲의 詩가 설사 '노루귀' 꽃 이파리처럼 가냘퍼도 좋다. 아니 '동박새' 의 목청처럼 가늘어도 좋다. 그것이 그대의 천품天稟이고 보면, 내 어찌 나무랄까 보냐? 향기 없는 장미의 겉치레를 원할 배 아니요, 실속 없는 야수野獸의 포효咆哮는 더 싫다. 작품에 저류底流하는 일관一貫된 높은 정신과 불굴不屈의 의지意志는 오는 날 펼쳐 놓을 캠퍼스의 이차원 평면에 독자적獨自的 구성構成으로 보다 높은 건축建築을 시도試圖할 것을 믿는다.

불혹不惑에 앞서 일단 줄을 그어 지내온 날을 정리整理하고, 새 출발出發을 다짐하는 그대 앞날에 문기文氣 더욱 왕성旺盛하기를 충심衷心으로 빌고, 의연毅然한 속에서 시신詩神 옆을 잠시도 떠나지 않도록 거듭 부탁한다.

1966년 12월 1일 밤

比斯伐 草舍

辛夕汀

復活節도 지나버린 날

비는
復活節도 지나버린 날
그윽한 木蓮 하이얀 향기에 젖어
납처럼 자욱하니 깔린다.

비는
어머니 마지막 떠나시던 날
그리도 열리지 않던
聖母病院에
보슬 보슬 나린다.

비는
드높은 聖堂 지붕에 나란히 앉아
깃을 다듬는 어린 비둘기들의
발목에 빨가장이 나리고
구 구 구 주고 받는
비둘기의 이야기도 젖는다.

비는
復活節도 지나버린 날
미사포에 合掌하고 거닐던
어머님의 발자욱에도 나리고
영혼보다 고요히 서 있는

十字架에 젖어 머언 강을 생각한다.

비는
復活節도 지나버린 날
어머니를 생각하는 내 가슴에 나리고
겹쳐 오는 어머니의 얼굴을 가리고
끝내는 하늘과 나를 가리고
비는
나리고 있다.

포도원 周邊

햇볕 실컷 딩굴다
가버린
葡萄園 周邊.

알알 스민
太陽의 指紋에선
씨잉하니 햇볕 내음 돈다.

연연히 타는 차거운 알알
靑瓷빛 너의 눈망울은
하늘을 바라다보던 그 모습으로
靜止한 너와 나의 영혼.

葡萄園 주변에는
꽃가루 묻혀 가던
꿀벌들의 나랫소리 머물고
우리들의 발자취소리 머물고……

南風도
소쩍새도
아리잠직하게 숨어버린
이 透明한 成熟.

그저
저녁 노을
오렌지 빛깔로 타는 속에
널 기다리는 나는
숨 쉬는
石像.

街路樹

뿔이 있어 좋다.
그리운 사슴처럼 뿔이 있어 좋다.

褪色한 나날과
褪色한 山川을
사비약 눈이 나리는 날
나려서 쌓이는 날,
가로수 내인 길을
두고 온 故鄕이 문득 가고픈
겨울보다도,

어린 사슴의 어린 뿔 같은
고 뾰죽한 가지에 樹液을 타고 나온
파아란 새싹으로 하여,
大地의 숨결을 내뿜는
봄의 가녀린
서곡보다도,

등어리가 따가운
볼이 한결 더 따가운
그보단 숨이 막히는 더위에
짙푸른 혓바닥을 낼름거리며
그 할딱이는 여름의

肉聲보다도,

안쓰러운 가로수의
體溫이 스몄을 落葉을
구루몽처럼 밟으며
너랑 걷다가
해를 지우고 싶은 가을은
아아 진정 서럽도록
즐거워라.

가로수는 뾰죽한 뿔이 있어 좋다.
뿔을 스쳐 오고 가는
계절의 숨소리가 들려서 좋다.

窓

창에 부딪치는
계절의 투명한
숨소리.

꽃가루가 지나가던 것도
이 창이었다.
하늘을 내다보던 것도
이 창이었다.

우리 서로 의지하고
아득한 꿈을 설계하던 것도
바로 이 창이었다.

철철이
별빛은 무더기로
이 창을 넘나들고

철철이
눈부신 햇볕이
이 창을 흔들어도

창은
한 번도 웃어본 적이 없다.

창은
한 번도 울어본 적이 없다.

허지만
계절의 투명한 숨소리가
창에 부딪칠 때마다

落葉처럼 쌓이는
서럽도록 아름다운
우리들의 이야기가
창가에 있다.

바다에게 주는 詩

孤獨마저 사살 당한
안쓰러운 海岸에
太陽의 粉末이 눈부시게
쏟아지는
正午는
비린내가 유달리 亂舞한다.

함부로 내던져진 채
물에 씻긴 貝殼엔
버린 時間이 바람과
함께 잠들고
怪石을 물어뜯는 波濤들
갈매기도 떠도는
태고.

世紀의 종말이나 고하듯
바다는 하이얀 이빨을 드러
내놓고
못견디게 沙場을 포옹하며
오늘도 숱한 거짓말을 吐한다.

五月이
흐드러진 속에

내 귀를 막고 네 곁에
서 있는 동안이라도
바다여
차라리 입을 다물라.

不渡手票
– 廣場마다 빛깔 좋은 公約만이 亂舞하고 있었다

하늘을 外面한 지 오랜
너의 얼굴은 꼭 魔術師의 손수건.

—그래서
슬기로웠다던 無記名 投票는
호곡이 하늘을 삼킨 장송곡.

당장 화려하게 잘 살 것만 같이
흐뭇한 手票의 남발로
숫제 풍부하기만 했던

—그때의 狡猾은
지금의 廣場마다
열적은 休紙쪽이 亂舞할 뿐
악랄한 마술은 끝났다
무수한 不渡手票에 射殺되는
太陽은 해골이 되어 딩굴고
이제 몸부림을 치는 빛나간 投票가
避身할 막다른 골목이 遮斷되고
지옥이라도 찾는 노크소리만
뒤안길에 소란하다.

한껏

디모크러시를 질식시켜 놓고
世紀의 終末을
사뭇 채찍질하는데,

여기―
不渡를, 막다른 골목을,
지옥을, 해골을,
가슴을 으깨며 부둥켜안고
쓰러지고 거꾸러져도
발랄한 젊은 대열은 굽이치리
透明한 내일을 爆發시키리라.

誤字가 茂盛한 거리

螢光燈은 자꾸만
이 거리의 黃昏을 拒否하고
貧血이 疾走하는
輝煌한 현운 속에 서서
나는 이 거리를
아득한 어느 不毛의 曠野로만
착각해야 한다.

黃昏이 追放되는 이 曠野의
맨 끝에선
죽음 같은 海溢이 오고
防波堤가 무너지고
무수한 難破船이 밀리고
나의 주체스러운 肉身이
投影되는 거리를
키니네 빛깔로
떼지어 가는 影像들의
會話도 멎고

각혈한 太陽이 남기고 간
붉은 노을 아래
蒼白한 마리아가 營養失調에
떠는

聖堂 지붕 위엔
비둘기도 모여 앉아
不吉한 호곡을 외운다.

이승도 저승도 아닌
始初도 終末도 아닌
誤字 투성이의 거리에
高層 建物들이 密集한
숲길을 찾아
사치스러운 良心을
반추하면서
地球가 도는 餘白에
　　〈爆竹이여!
　　　　　　터지는 새벽이여!〉
내 멋진 주문을 외우는
曠野 같은 거리에
또 눈발이 비친다.

거리의 少年

太陽의 포옹에 숨쉬는
수세미 같은 少年
파리한 얼굴보다도
더욱 진한
깡통 슬은 녹 가루가
이슬비 나리듯
깡통 속을 나리는 시간.

人生의 덤을 수떨이는 對話의
발치에 밀친 소년
깡통스런 생명을
꼭 天命인 양
終日을 누벼도
外面한 對話가 異國스럽기만 하다.

해만 설핏하면
비대한 빌딩이
네온에 묻혀 타는 밤
창마단 密話가 풍성대고
까무러친 少年은
처마 밑에 스러진 나비.

넋을 부르는

사운대는 별 넘엇 동녠
저승스럽다이 눈이 꼬옥 감어 버린
소년의 合掌!

來日의 太陽이여
뜨거운 가슴이여
서럽도록 기쁘게 껴안으라.

曲馬團 少女

피 빨아 올리는
트럼펫 소리에
宣傳畵幅이 물살져 흐느끼고
賣票口에선 시나브로
少女의
여생이 매매된다.

기름진 말채 끝에
少女는
뼈를 녹였어도
아직도 오싹한 간짓대 끝
피를 말리고,

찢어진 天幕 사이
물감 같은 하늘색
少女의
生命처럼 멀기만 하다.

감감히
기적소리 멀미스런 旅程이
묻어 오고
원숭일 닮은 문지기
求心 잃어

午睡에 접었다.

市場 이은 다리목 주변
天幕 위에 바람 넘고
少女의
表情 같은 休紙쪽만
天邊으로 몰려간다.

하늘

무덤을 깨고
헤쳐 나온 놀램이여
황홀한 驚異!

그래서 저리 어진 눈망울로 빛나고
또 저다지도 참한 숨결로 잠겨 있는가.

青瓷水瓶에 내려앉은 그 밑바닥
불타는 사막의 湖水 위로
덮어 버린 너의 얼굴
얼마나 사무치는 그리움인가.

翡翠 쌍가락지도
눈이 시린 玉물 뿌리도
아아라한 하늘빛,
―하냥 푸르러.

시방 이 時點을
人類의 祈禱와 默念은
江물처럼 넘쳐 흐르는데
너는 오직
날 위해 無限한 것.

우리의 닫아 버린 우중충한 마음
그 가슴 활짝 열어
저 푸르름
한 자락을 흐르게 하라.

깃발

저 渴求의 손짓.

숱한 表情으로
애타는 발돋움 발돋움.

필경
환희의 뉘우침 사위지 못하여
가슴 찢으며 몸부림쳐

끝내
가지러진
拍手
喝采.

日曜日

열린 水門.

타래진 소용돌이
끝이 풀린다.

堤防을 넘는
氣勢—

저마다
부푼 가슴
물빛 하늘보다
自由한 노래들이다.

해바라기

분수처럼 쏟아지는 햇살
되꺾인 아침엔
꼭
어느땐가 한 번
宇宙전쟁이 있었던
太陽의 破片.

담 위에
간드러진 수탉
울음대가 닮아질 무렵
키돋아 맞서는 열은
太初의 軌道가 빗나간
태양의 分身.

이도
저도
아니면
原始時代에 아껴 쓰던
太陽의 里程表.

石榴

끝내
그 가지에서
서로
서로
숱하게
어린 양 간지럽게 피던
새들 보드니,
그처럼 무렴한 얼굴—

體溫이 붉게 상승될 때부터
마리아처럼
남 모르는 부끄럼이
나날 부풀어 鎭痛하더니
끝내, 不潔을 피한
루비의 황홀한 生命의
誕生은
꼭 그렇게
피 흘려
배를 갈러야만 되나.

항아리

甲紗댕기 빛
冬栢기름 指紋도 고요로히

치마폭 무늬
꽃그늘 수줍어 흐르고

꼭 女心 같은
깊이여—

仙人掌

꿈 접어 둔
어설픈 異國에선
너무나 아쉬운
南國 沙漠에 뻗는 鄕愁.

透明한 달밤이면
習性인 양
조용히 귀도 쫑그고
구슬픈 집시의 노래와
사무친 소나기를 그린다.

어처구니 없는 百年이란 세월에
故鄕을 잃는
메마른 하품으로
앙상한 가시만 돋아난다.

밤피리

– 암마사

피──일

    · ·

삐──일

    · ·

눈위에 달빛을 쏟뜨리는
밤피리소리
   ──神이 죽어버린
     人間 社會

피──일

    · ·

삐──일

    · ·

얼음 위에 무서리를 칼날 세운
밤피리소리
   ──天堂을 헛 웃어야 하는
     人間 罪囚

落葉

누님 시집가 버린
훗날 같은 것

어쩌면 배 떠나는
고동소리도 닮았어라

색칠한 들생각은
줄곧 연못을 이루고

울적한 마음 마음들
막차를 타버린다.

지표 없는 旅行을
아듀—

포스터

몸짓을
열띤 가슴을
알몸으로 알몸으로
거리에 내닫는 것이
가슴에 와닿지 않는가,

수다스런 言語나
雄辯 같은 것은
훨씬 以前의 것,

지금은
言語인 허물을 脫皮한 채
知慧의 肉彈으로
絶頂에 突進하는 깃발,

그 깃발 아래
鎭痛한 意圖가
廣場에 集結하여
目標地에 出發한 隊列,

豫定된 地域에는
현란한 光明이 계곡을
이루고

가슴팍으로 絶頂에 도달한
깃발이
휘날려라
휘날려라.

交響樂

무성한 수풀, 아니
迷惑의 바다.

이른 아침 산새들
온 골째길 울리는
눈부신 부챗살.

때로는
잔잔한 물결에
滿月이 잠기다가도,

놋날 같은 소나기
머언 Ionia 바다를 건너
소슬한 물기둥이 부서지기도.

꽃가루에 묻히는
꿀벌들의 꽃밭
香에 취한 少女들의
은은한 密語.

때로는
두고 온 山頂에
雪禍를 이루다가,

히끗
히끗
흰나비 배추색 해협을 넘어
물살을 넘어,

이내
隊商을 울리는
Sahara 사막의
회오리바람.

너 진한 Acacia의
빛과 향만큼
永遠한 수풀.

너 진한 Acacia의
빛과 향만큼
영원한 迷惑의 바다.

어느 하나
붙잡을 데 없는
殘忍한 漂流에
어깨 들먹거림이여…….

飛翔

째앵……
구슬이 서로 닿는 몸짓으로
선뜻 다가오는 햇살의 금선을 타고
돌담을 희뜩 넘는
나비의 가벼운 體溫에
아침은 더욱 곱다.

우중충한 朝刊의
우중충한 三面은 그대로 접어두자
물빛 하늘 아래 오늘의 出發도
얼룩진 歷史의 구겨진 자락에
맡겨 둔 채,
차라리 나비 넘어간
무뚝뚝한 돌담을 읽자.

저 영롱한 햇살을 안고 서서
겨드랑이 근지럽도록
날개를 접었다 폈다
무심히 날아가 버린
나비의 飛翔을
내 어깨 위에,
내 가슴 속에,
내 눈망울 속에,
다시 찾아보자.

黎明

어디서 오는 발걸음이기에
이리도 嚴肅한가
꿈속 같은
가느다란 피리소리어라
이따금씩
들려오는 북소리어라.

千길 地下水로 스며 오듯
겹겹이 쌓인 껍질을 벗기며
오네 어디쯤에선
江물처럼 밀려
오는 수런대는 소리…….

벌써
앞뒤로 서걱이며
잠자리의 나랫빛으로
다가오네.

鐘

서슬한 靑龍의 눈짓 한 번에
千年이 밝아 오고
그 年輪보다 더 깊은
파르란 志操 앞에
거친 숨결 오롯이 모두는 人間들
말없이 고개 숙이네.

巨嶽 같아야만 했고
바다 같아야만 했을
끓는 憤怒의 피 맺힘
서럽도록 굳어버린 纖□여!
그 永遠 앞엔 善과 惡도
물거품처럼 사위어라.

그토록 强靭한 마음
언젠가는
산과
바다를 부수고
하늘 아래
하늘다이 金빛 꽃나래를 펴리라
눈부신 햇살처럼 쏟뜨리리라.

그 우람스러움

마침내
終末 없는
出發이 있을 뿐이다.
이젠
天眞스런 여린 눈망울로
되돌아선 時間
너와 나 이웃들의 가슴을 누비고
머얼리 天涯에 맞부딪치누나.

아침

저—쪽 현관에서
정숙한 맑은 공기는
몰려 복도 이쪽으로,

아스라이
大理石에 부서지는
하이힐소리,

여음이 저엄점
색깔처럼
선명히 다가온다.

상냥한
균형을 고누런 템포는
文明이 가장된 이른 아침 음향.

念佛

흙탕 속에서
환히 솟아 오른 꽃망울.

대낮 같은 길이 있어
발자욱마다 향내 고이고.

숱한 歲月로 내닫는
한숨 서린 念願.

때론
뜨악한 苦海의 脫出口에
한 점 산나비로 접다.

國師峰

– 母岳山

人間의 變心을 등지는
795 미터의 千年 表情에
더욱 貞潔을
吐하는 山菊花 香은
누비 누비
베옷을 뚫고 피부에 간지럽다.

소슬한 快哉
아스므라히 高空線에
나래 펴고
比斯伐의 歷史가
한 點 손 안에 놓인다.

숱한 희로애락은
國師峰의 한숨에 사위고
투명한 未來가 疾走하는
永遠한 伴侶者여.

天壺洞窟

하늘 밖의 王國.

눈 뜨면 더욱 진한
첩첩 어두움
촛불 따라 한 발 한 발 밀면
숨어든 異邦人 마음 같은
불안한 소용돌이.

石鼓
石鐘 울림에
어느 極刑이라도
내릴 듯한 氣運.

때론
輝煌한 石筍 鐘乳石
豪華론 石柱
六角 잡힌 듯한
水晶宮.
石灰宮.

千古의 神秘林
創世紀 記錄文들
억겁 歲月로 다스린
하늘 밖의 王國.

歸省

삐비꽃 글썽한 언덕
꽃상여 나간 길
누가 잊자고 하였기
서울驛은 한사코 성난 물살인가.

출렁이는 江물이다.
바다이다.

한가위 달빛을 위해
午後의 아슬한 車窓의 하늘
손 끝이 시리도록 맑은데,

멎을 줄 모르는
人類의 낭자한 피비린내로
우린 강강수월래를
잊고 산 지 오래다.

칡꽃도 돌아서 눈가리는
뻐꾸기 피맺힌 길을
누가 잊자고 하였기
한사코 내치는 기적인가.

휘황한 節侯다.
자랑스런 얼이다.

햇씨

둔탁한 공기 짓눌린 五號 病室
이젠 모두 다아 돌아온 지순한 숨소리
造花를 피운다.

이마에서 아른한 그늘
눈 언저리 내리고
오싹한 땀방울
구슬을 헤인다.

白鳥 같은 看護員
햇씨를 심고 간다.
아리잠직한 그 눈망울
千 길 地下水로 깨어나라
찬란한 햇살로 피어나라
금속성 소리로
窓밖으로 쏟아져라.

이젠
밤기러기도 病棟을 넘었으니
窓밖에 合掌한 聖歌隊
촛불을 들고
돌아가라 돌아가라.

後記

부끄럽기 짝이 없다.

좀더 새로운 자세姿勢를 갖기 위해 여기 선線을 긋고 정리하는 뜻에서다.
4장으로 나눠 본 것은 무슨 뜻에서가 아니라 다만 4.19 전후하여 지금까지
의 것을 되도록 발표년대發表年代를 참작하여 비슷한 것끼리 모아 보았을
뿐이다.

이중에는 미발표未發表의 것도 들어 있다. 언제나 아껴주신 선생님, 문
우, 출판사, 여러분께 감사드린다.

1966년 12월

龍峴亭
著 者

一人集《M.1 照準》

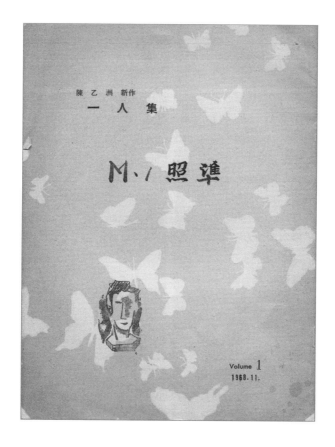

陳 乙 洲 新作

一 人 集

M、1 照準

Volume 1
1968.11.

五六島

물방울 털고 일어선
기인 海嘯.

얼마는
아직도 潜水.

眞珠를 앓는
조개처럼
고독을 기르고

바다 같은 푸른 大陸을
밤낮 꿈에 보았다.

M·1 照準

바늘귀를 通한
水道물의 지루한 時間에서
튀어나온 集約된 瞬間

모르핀 기운처럼
온몸에 번진 的中感이
동공을 조린다.

굳어져 가는
祈禱의 소망처럼
呼吸을 끊어 맺은
이슬방울

깡그리 잊어버린
世上을 빠져 나온
바늘 끝

直徑을 재는
物理學의 頂上이다.

문득
彼岸의 焦點이
꽃잎으로 하늘대면

써늘한 바람을
이마에 느끼고

쥬피터―女神의
사랑의 화살로 바뀌는 날
흰 나비여
銃口를 막어라.

불씨

思索에 묻힌
貞淑

內部론
삼엄한 照準에
外部론
태연한 눈치다

끝끝내
외곬이
치미는 恨숨을
주먹다짐하는
먹진 가슴팍

언젠가는
氷山을 녹일
바다만큼 번질
한 톨

遠雷에
귀 세우면서
지금은 海溢 같은
서러움을 안은
冬眠이다.

一人集《跳躍》

陳 乙 洲 新作

一 人 集

跳　躍

Volume 2
1968. 12. 1

絶叫

冬眠에서 터져 나온
불씨의 火焰

술렁이는 爆音은
緊迫한 超速으로
脫出口의 方向을 찾는
몸부림

하늘은
소스라쳐 곤두박친 太陽과
물에 빠져 끓는
카바이드 破片 같은 별들

地下에선
上水道
下水道가 斷脈되는 찰나

海岸으로부턴
숱한 꽃밭을 휩쓸고
쏜살로 내달은
키 큰 劣角의 海嘯

一角에선

부러진 쭉지 屈折의 바람을 몰고
渴求에 파닥이는 廣場의 비둘기 떼

限死코
가슴 찢긴 채 흩뿌리는
피 낱

저마다
入神한 복숭아 牌木을 쥔 듯
머릿발이 일체 바늘 끝으로
솟구쳐
鐵絲처럼 가늘게 하늘을 높찌른
주먹
주먹들

溪谷을 쏟쳐 洪水로 흐르는
無秩序한 맨발자국소리
핏발선 무수한 눈방울
과녁을 쏘며

한껏
閃光을 붙잡기 위해
鎔鑛爐 같은

喊聲의 도가니에서
바다로 열린
입…
입…
입…

跳躍

地軸을 울리는
북소리에
어둠을 박차 버린
발자국소리.

튕기친
구릿빛 근육의
발랄한 生動과,

반짝이는
靑銅 주먹의
이글이글한 躍動.

齒車처럼 울리는
脈搏 소리
발자국소리.

서럽도록 반가운
하늘이 내다뵈는
서린 꿈의 頂上에서
눈시울 뜨거오는
나팔소리 아스란 層階.

함초롬히
땀에 젖은
사뭇한 渴求.

과녁에 꽂혀 떠는 화살처럼
頂點에 꽂을
설레인 깃발이

그 푸르고 푸른 하늘 닿아
상상봉에 펄럭일
그날까지…
그날까지…

乙洙와 詩와 나와

崔 勝 範

아예 술을 못 마시는
詩人 乙洙는
군소리와 訣別한 깐끔한
詩을 建築한다.

그리스 彫刻을 닮은
乙洙의 하이얀 言語로
채곡채곡 建築한다.

담배도 즐기지 않는
詩人 乙洙는
쪽옥 골라 세운
齒列처럼
詩行을 다듬고 다듬는
능란한 木手다.

大学을 갓 나오자
詩人 乙洙는
〈書記〉로 苦行하고
항상 山을 잘 타고
꽃을 사랑한다.

〈茂長〉에 태어난
乙洙여!
더욱 茂長하여라.

一人集《金》

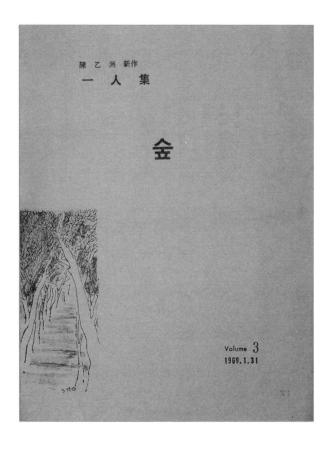

陳 乙 洲 新作

一 人 集

金

Volume 3
1969.1.31

눈소리

사비약 나래 편
화사한 公主의 꿈

사뭇
눈부신 버선발로
온통 꽃 너울

恨스럼
애써 안으로 쌓는 微笑

하늘 닿은 純白
겨워 푸르고
푸르다 지친 잿빛

끝간데 못 찾는
뻘 울어오는 소리

그리운 消息들이
묻히는
눈사태.

숲

로터리의
窒息한 秩序가
탈출한 꿈!

푸른 숨결
샘물로 고이고
몇 十里 고요로움
神話가 들려온다.

환희의 손짓엔
폭염의 亂舞와
안으론 스산히 편
茂盛한 나래!

終末은 묻지 않고
寶物을 던져 두고 싶은
豊盛한 요람이다.

때론
억수로
쏟아지는 매미소리
바달 이루고

秘密한 그리움이
말려드는
소용돌이!

한껏
世上을 어느 만침
걸어나와 버린 듯
온몸을 엄습해 오는
공포로운 美色
밤을 이뤄

풀려 나올 줄
모르는
水深이다
水深이다.

木蓮

밤마다
어둠을 投網질하더니
젖빛 대낮을 밝힌
현란스런 봄의
燭光.

너무 부셔 눈 감기면
화장대처럼 맑아오는
粉내음.

호젓한 데서
그 女의 옷깃 스친 듯
가슴 설레임
화끈히 물살져 온다.

그 女의 맑디 맑은
視線 같은 햇살이
젖빛 볼 어루고

송이
송이
먹음한 꿈
어쩌지 못하는

微笑.

그 女의 수줍디 수줍음도
제법 소곤대는 귓속말같이
陽地에 피어난
햇병아리
병아리떼.

물 쪼고
나래 펴
햇살 터는 어리광.

그윽한 빛
황홀한 내음
가슴 한 자락에
永遠히 흐르게 하리.

陳兄에게

陳兄!

보내주신 新作集은 항상 감사합니다.

山村에 묻혀 있는 사람들을 잊지않고 늘 생각해 주시는 정의와 兄의 文學的인 熱意에 머리가 숙어집니다.

보다 더 반가운 것은 新作集으로 因하여 兄의 詩世界에 조금씩 接近할 수 있는 機會가 된 것이 무엇보다 기쁩니다.

저는 요지 않는 편이지만 兄의 詩를 읽음에 와서 全北 同好人들의 詩를 읽고 있읍니다.

참으로 이상한 일이었읍니다. 옛날에 별로 읽혀지지가 않던 作品들이 近來에 와서는 理解가 가고 있읍니다.

이 좋은 현상이라고 혼자 기뻐하고 읍니다.

있읍니다.

地方에 묻혀 있는 사람들이 서로 잘라진 우리의 허리에서 流血이 마저 읽혀지지 않고 읽어주지 않는다면 그것은 고독한 이야기가 아닐 수 없읍니다.

兄!

어떻게 지내십니까?

公務중에서도 지치지 않고 계속 알찬 新作만 發表하시는 精力에 놀라지 않을 수 없읍니다.

文學을 生活보다 더 사랑하고 목숨같이 살아가고 있다는 소치라고 보고 싶읍니다.

人生은 40부터라고 말하드니 陳兄의 文學도 40부터 새 出帆을 하는 모양입니다.

그래서 페이지가 늘어가고 있읍니다.

「絕叫」나 「跳躍」을 읽으니 가슴이 뜨거워 옵니다.

限, 핏멍이 섞여 나오는 오열과 발버둥은 끝나지 않을것 입니다.

우리의 가슴에서 止血이 되는 그 날까지……

☆

멀리서나마 「新作集」에 박수를 보냅니다. 무성하게 번성하여 巨木이 되기를 진심으로 바라는 바입니다. 그리고 이와 같은 「新作集」이 이 고장에 더 나오기를 바라고 있읍니다.

그럼, 健筆을 비오며 崔勝範선생님께 安否부탁드립니다.

一九六八年十二月十日

鄭 烈

一人集《鶴》

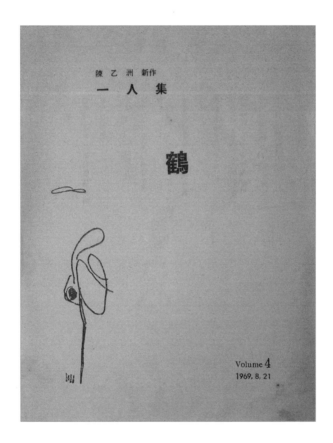

陳 乙 洲 新作

一 人 集

鶴

Volume 4
1969, 8, 21

鶴

숲속에 내려 목욕하던 仙女가
잃어버린 깃.

밤낮 맺혀 온 그리움에
상가집 삭망같이 서럽도록
뺀 목—

허랑히 타협해 오는 風雲을
끝내
비낀 다리

山水마다 찾고 찾아도 없어
기도처럼 눈 감아
아슴한 사연 띄움인가.

千年두고 수놓는 戀慕
이젠 침식을 잃은 失語症으로

지겨운 나날을 外面하면 할수록
가슴 속 한숨이 솟고

티끌 없이
싸느라히 외곬으로 파고드는 결백

언젠가는
꼭 찾아가야 할
또 그 푸른 하늘 흐름인가?

銀嶺

점령군처럼
전역을 진주하는 白雪

모든 사투리가 깜박 묻히는
눈짓 손짓 어느 母國語의
황홀한 對話—

일체 교통을 차단하고
달빛이 사파이어에 부서지듯
눈시린 은옥색
너머로
움츠린 꽃씨가 실려
비밀히 넘겨 가는
北向 수렛소리.

때론.

햇살이 다이어몬드에 부서지듯
눈부신 은금색
너머로
부푼 꽃씨가 실려
비밀히 넘겨 오는
南向 수렛소리.

순응하는
포로들 어루는
곳곳마다 戰勝의 웃음 같은
豊饒

神의 遠征일까
이리도 가늠없이
사비약 사비약거림

戒嚴下에 싣던
꽃씨의 숨소리에 놀라면서
머금은 꿈을 굽어보는 눈사태.

그렇게도 맺혔던
한스러움인가

끝 간 데 못 찾는
바닷가 뻘 울어 오는 소리

裸木의
사르락 지던 낙엽과
실실이 물 오를 새싹을
서로 사이한

길길이 쌓인 쌓인
은마루.

제2시집 《슬픈 눈짓》

陳乙洲 詩集

슬픈 눈짓

1983년 보림출판사 刊/ A5판, 128쪽

슬픈 눈짓

1
뜨거운 내 가슴 속에
그리도 물살치던 그 속눈썹,
그 파아란 櫓,

지금은
흔들며 아스라이 떠나가는
싸늘한 기폭이여라.

글썽한 水平線에
뉘엿뉘엿 거리는
소리 없는 뱃길.

끝간 데 모를
바다 위 어느 하늘가에 떠버린
가뭇한 속눈썹
한 낱이여라.

2
으스스 갈대바람 일고,
벌써 가을비를 몰고 온 기상대의
기폭의 그림자.
遠雷로 스러져 간 뒤 끝.

꿈속 같은
머언 海岸線에서
매섭게 불어오는
희끗희끗한 눈발이여라.

맥박을 가늠 없이 흩어 놓고
기억은 눈시울진 물살 속으로
차꼬만 달아나고,

어느 낯설디 낯설은
산모롱이에
눈시울 뜨거워오는 日沒이
오고 있다.

女心

寶石상자 빛살 속에
살포시 미소로 피는
永遠한 未知의
한 떨기 꽃망울.

비 개인 아침 햇살로
요염한 가시도 돋고
현란스레 피고 피어
나날로 어지러운 豊饒.

가을 하늘빛으로
멀어질수록
더욱 찬란한
水深!
더욱 그리워만지는
빛살!

사내 맘 바다라면
그 빛 달의 引力.

　　　―휘두러지게 핀
　　　　장미밭인가?
　　　―서럽게 흐르는
　　　　江물인가?

閨秀

햇씨를 가슴 속에 안은
깎아세운 싸늘한 氷山이다.

남 몰래 봄을
노래하는 氷河
양 뚝에는 찬바람이 스친다.

나날로 부푼 햇씨
한 떨기 소망으로 피우기 위해
거만은 孔雀 꼬리로 피고
天下가 눈가에 차지 않는 水位인가?

멀리선 무지갯살로 피어오르다도
가차워지면 寶石처럼
냉혹한 눈치다.

불길과 설한풍이
맴도는 어지러운 소용돌이
不安한 季節風인가?

神의 손길을 기리면서
公主를 꿈에 본 화사한 가슴 속에
서글픈 하늘자락은 흐르고만 있는가?

목소리

높푸른 千秋의 하늘에 흐르는
한 점 외기러기.

어둔 밤을 비쳐 오는 白木蓮 빛으로
바람결에 묻어 오는 百合 향으로
어디선가 아련히 들려올 것만 같아

井華水로 씻고
鶴首처럼 적막한 귀 쫑그면
사뭇 저려 오는 그리움.

별만하게
水星
火星
金星
달덩이만하게.

아니
어느 잿빛 하늘을 뚫고,
비쳐 오는 햇살 따위로,

황홀히 들릴 것만 같은
天下에 가득한 목소리.

등불 켜 든
등불 켜 든
기다리는 門前에로……

까치소리

날갯바람
사비약 용마루 스치더니
산뜻한 목청으로
목마른 마음에
머얼리서 몰려오는
소나기로 후들긴다.

자지러지는 부리끝이
運筆로 번진 墨香.
구구절절 가슴에 나부껴
뜨거운 피가 스물거린다.

온몸을
흔근히 흔근히 적셔 놓더니
어둔 밤에 박꽃처럼
虛空에 그리운 얼굴을
수놓는다.

揮毫의 墨香으로 풍기는 부리
메마른 가슴에 永遠히 새겨진다.
소나기로 후들기던 목청
답답한 가슴에 펄펄 넘친다.

기다림

無邊의 시간 속에
어쩌다 漂流된 한 점
鶴빛.

나래 접힌 꿈
닿을 듯 닿을 듯
저리 머얼고,

큰 벌에
뜨거운 한 떨기 피우기 위해
굳어만 가는
꽃씨.

舍利처럼 맺어가는
瞳孔.

살포시 눈 감으면
망망한 바다로,
사르르 눈뜨면
더욱 쏟히는
슬프디 슬픈 금선 외줄기.

아슬아슬히 줄타는

사뭇한 그리움
가뭄의 번개처럼 가슴 메말려 도려
한껏 불타는 種苗場.

山

修女들의 祈禱로
쏟뜨리는
고요로운 용담빛 미사포.

봉우리마다 무등질러
목타 오르는
太陽의 그리움.

때깔 자르르한 어깨들
사이 사이론
흰 구름으로 서리는 긴 긴 숨결.

자락 자락엔 젖줄 빠는 이슬
영그는 和答 속에

沈默은
江물 이뤄.

바다를 발치에 누르는
그 품안에
君子를 낳는다.

산길

〈天下大將軍
    地下女將軍〉

성황당 앞에서 옷깃 여미고
빼나나한 하늘자락으로
차꼬만 마음을 닦아도
발길마다 억새
손아귀마다 가시

책속에 人生의 길 있듯이
끝끝내 후벼후벼 올라야
열린다.

가다가도 구렁에 **빠져**
흥건한 땅속에 간신히 視力을 찾고 보면
또 귀가 무디어
한참을 山神靈의 말소리도 듣고.

그렇게 어둡던
예수 석가모니의 육성이
이제 **빠꼼히** 틔어 온다.

새벽마다 井華水를 올리는

어머님의 소망처럼
첩첩 벗겨 뚫어도 산꼭대기 너머
산꼭대기.

우리들은 어디만침 올랐을까?

　　〈히죽히죽 웃는
　　　장승의 손짓〉

숲속의 갈매기

海岸線 엽총소리에 쫓겨
위기의 신호처럼 이웃 숲속에
꽂힌 나래.

火藥 냄새는 이슬비로 내리고,

가랑잎 소리로 벌떡이다
溪谷 물소리 따르는
그 작은 가슴에
차꼬만 파도소리 밀려와 닿고,

허기져 솔씨라도 쪼아리다간
눈앞에 海岸線이 살아 굽니어 다가오고,

캄캄한 숲속
빠끔히 뚫린 사이론
그 물빛 하늘을 숨쉰다.

玉빛 파도쪽을 쪼아리던
빨가장이 부리,
쪽남빛 水平線을 가르던 깃,
바다의 그리움에 숨만큼 울었어도
가로막는 山, 山.

질식의 숲속
공포론 어둠을 찢고
무한한 바다가 열리는 날
순금빛 햇살로 날을
피돋는 발 모둠이다.

솔바람소리

꽃喪興 소리의 메아리가 고이는
물살소리.

고개 든 波濤로
발등을 적셔 오고,

가르맛길 같은 산길을
솔잎살 빗질해 가면,

아스므라히
어느 太初에 잇닿은 듯,

고요하다 지쳐
사운대는 山神靈의 음성으로
맑아오기도.

땅 속
어디선간 싸늘한 물소리도
이마에 닿아라.

가을

모두 驛馬살이 들려서다.
헛웃음으로 고삐를
놓쳐 주자.

뒤도 돌아보지 않는
歸路.

얼룩이사 감추지만
망설임 없어 더욱 가슴 에인다.

쌓였던 사연들도
매듭지어지고,

몰려가야 할
머언 地平線
초조한 사슴의 눈빛처럼
맑은 햇살 속에서
어디로 떠나가는 것인가.

鄉愁

時間은 잠이 들고
별들이 반짝이는 밤.

개구리소리 海溢 이뤄
꿈속의 山水圖가 흔들린다.

忘却의 손짓이 깨어나는
삼삼한 하늘 끝.

다가왔다 사라지고
사라졌다 다가올 때

腦裡 엔
靑瓷 항아리처럼
그리움이 고인다.

結果가 없는 실성한 波濤만이
마음의 바다에 찰싹인다.

어릴 적 둥주리를 잃는 가슴 속엔
한 가닥 물빛 하늘이 흐른다.

友情

땅 끝까지 여의워질지라도
그리움 바다 밑에 珊瑚빛.

사나운 波濤 가로지르면
더욱 情겹게 다가서는 얼굴.

하늘 삼키는 雷聲에 눈 감기면
앞에 다가와 감싸안는 품안.

　　　　외로울 때 찾는 짝
　　　　어려울 때 찾는 손
　　　　기쁠 때 찾는 웃음
　　　　슬플 때 찾는 마음

地下에 잠든 寶物처럼
가슴에 묻힌 義理
嚴冬에도 꽃 피이는 東山.

땅 끝 끝까지 여의워질지라도
그리움은 천 길 바다 밑에 珊瑚빛.

바다

출발의
막강한 再編成이다.

사뭇
시퍼렇게 맺힌 恨.

눈 감으면
더욱 공포로운 無極.

걷잡지 못하는 몸부림에
하늘을 삼키는 喊聲이다.

비린내 굽니는 흩은 숨결
한사코 찾는 탈출구.

언젠간
명주꾸리 실 풀리듯이
草童의 피리소리 따라
어데로 솔솔 떠나려니…….

때로는
광란의 폭력으로
고혈압을 풀기도,

실성한 의분의 깃발
펄럭이다 펄럭이다 찢기고,

돌아서면
그 무량 세월 두고
태초를 읽는 몰미에

가물쳐
엎치락 뒤치락거리는
順理…
順理…

햇살에 끓는 金빛 꺾일 줄 모르는
천 년 한숨의 깊은 생각

심홍빛 무량한 가능의 躍動이
청남빛 거만한 長壽의 비결이

한껏
푸른 기상의 잔을 높이 든
비장한 결의의 前夜祭여!

臨津江

오싹한 江바람 등골에서 일어
실성한 갈대밭에 물살치고,
온몸 물고등처럼 굳히는
서릿발 피는 琉璃棺 속.

갯벌치며 몸무림쳐
소리소리 질러도 풀리지 않는 恨
이젠 차라리 피를 토한 채
새침한 沈默으로
공포론 비린내로
이렇게 언제까지 흐를 것인가.

어느 때부터인가
썰물 밀물이 맞부딪쳐
용틀임으로 굽이치는
게거품.

귀 쫑그면
高句麗 百濟 新羅軍의 말발굽소리
머언 천둥으로 몰려 가고,

끝내는
新羅軍들의 피 묻은 칼을

江물에 씻고,

凱旋의 祝杯를 나누던
高喊소리 江心에 갈앉는데,

어처구니 없는 列强의 分斷으로
슬픈 同族相殘.

낭자히 흐른 먹피 속에
흰 나비떼만 희끗희끗거리는
緊張의 도가니.
南北의 休戰線.

내일의 젊은 隊列이여
질식의 琉璃棺을 깨어
江물에 던지고,
매듭진 서러움일랑
오색 풍선에 실어
그 푸른 하늘에 날려,
새아침의 햇살에
은비늘 파닥이는
統一의 櫓를 젓자.

넘실 꿈 실린
갈매기 날으는 남빛 바다로
豊饒론 櫓를 젓자.

江물

겹겹이 맺힌 원한
만삭된 푸루둥한 千古의 秘密
안으로 소용돌이 치는 가슴 속.

失神한 휘파람 쏜살로 지난 뒤
어금니를 앙 무는
아가리
아가리.

굽니는 몸부림
아르롱대는 비눌.

가뭇한 歸路를 되돌아보는
시리도록 번득이는 은금빛 이마.

한 가닥 깊인
銀河水처럼 흐르는
바다에의 戀心.

잔잔한 콧노래를 부르다도
끝없이 열릴 바다 앞엔
새침한 에머럴드빛 沈點.

瀑布

폭발한 환호소리.
拍手喝采.
오랜 忍從에서 벗어난—.

바람에 부서지는 기폭처럼
천 갈래
천 갈래로.

골, 골이
꽃가루 분분하고,
찬란한 무지갯살.

사비약
仙女가 내릴
열린 門前.

無量의 驛卒이다.
御命이다.

溫泉

알래스카에서 쫓긴 소용돌이
낯설은 移民地의 熱風이다.

굳은 地殼을 뚫는
몸부림치는 뜨거운 경련.

그렇게도 긴긴 어둠이던가
모둔 숨 터지는 황홀한 물꽃이다.

內密히 흐르던 서린 숨결
매듭 풀어 한숨에 솟고,

온통 캄캄했던 눈이
삐나나하게 햇빛도 뵈기 시작한다.

주변도 소란하게 제법 귀도 트이고
부끄러운 大地에 서럽게 흐느낀다.

洗劍亭에서

무지갯살 따라
자하문 밖 洗劍亭 맑은 물에
사뿐히 내린 神仙圖.

깊디 깊은 짙푸름 속에
사비약 나래 접어두고,

사운대는 매미소리 강물 이뤄
잠겼다 떴다 바둑소리 물소리.

하얀 바둑알 낙낙한 숨소리에
가파른 까만 바둑알.

추녀끝 스쳐온 산나비 날아
바둑알 앓는 숨소리에 고눠 앉으면
까만 눈이 반짝반짝 깨어

勝負는 산나비가 내고
해 설핏하자 접어둔 나래
찾아도 찾아도 없다.

아침

햇씨를 쪼아
사비약 내린 나래.

金冠을 얹는 帝王의
첫발.

水晶 같은
마음밭에
序章의 깃발 오르고,

곳곳마다
파닥이는……
파닥이는……

금빛 비늘이 눈부시게
이웃
이웃으로
번진다.

孔雀

장마가 개인 아침
무지갯살로 꼬리 피고,

卸前會議에 나서는
大王의 金冠을 꿈에 본
몸짓.

〈正一品〉장미꽃도
고개 숙여 물러서고
〈從一品〉카나리아 목청도
꺾여 뒷걸음치리라.

이따금
분부를 내려도 보고…….

金冠

億兆蒼生의 가슴마다
파르르 단 하나로 물살지는
공포론 腦裡의 눈부신 太陽.

언제나
머언 左右론
꿈틀대는 靑龍 비늘과
으르렁대는 白虎의 털.

몇 十里 밖에선
찬란하게 비쳐오는
後光.

밤하늘의 별밭 같은
滿朝百官의
옥관자
금관자
무겁게 머리 짓누르고.

朝廷엔
금빛 海溢
天下를 넘처라.

그 榮華

時空을 초월한

無量의 풍악소리여……

무한의 孤高함이여……

光化門

홍분의 軍馬 속에
환희의 물결 속에
햇씨 쪼아 물고 사뿐히 날앉은
朝鮮의 날개다.

만조백관의 岡極 소리에
어둠을 밝히는 소슬한 용마루.

지관장이 손끝으로 좌정된 터전
이젠 팔백 만 서울시민이 삶을 낚으려
소용돌이치는 水門이다.

메마른 인정과
공포론 公害의 북소리에
약진의 역사를 잉태하는 맥박
내일의 더욱 눈부신 햇살을 바란
鵬鳥의 발돋움이다.

꽃의 意味

꽃누비털 살갗에 붙더니
平和론 마음 千里 밖에로 열리네.

눈가에 넘실대는 엉기덩긴 나래
사랑거리는 彼岸의 품안이
찬란한 바다여라.

영롱한 눈짓이
떨리는 입술이
가슴에 물살져 오면
하늘이 내려앉은 無量의 길이여라.

鮮血인 듯 증발하는 맑디맑은 내음
소록소록 靈魂의 발자욱으로 다가오고,

아름다움 겨워겨워 오면
슬픈 바람결 일고,

공포론 戒律 앞에
靈肉의 가름이 사운대는,

엄연히 꽃망울이 열리는
無邊의 平和.

시나브로 꽃잎이 사위는
無限의 他界.

永遠과 瞬間의 눈부신 사이에
난만한 妖艶
어지러운 길이여라.

모란

하늘을 흔드는
호탕한 웃음이다.

뒤란에서 서성이던
과년된 누나의
양 볼이 화끈 달아오르는
숨결이다.

골 안을 울리는
큰 기침소리에

微笑를 감출수록 풍만한
봉우리
봉우리들.

출렁이는 綠陰에 실려
두려운
姦婬이다
姦婬이다

葡萄

핏빛으로
넘치는 글라스.

꽃처럼 타오르는
和答하는 숨소리.

주체 못할 부끄럼 나누고
죽은 듯이 취한 맛단 볼.

몇 十里 밖에 고요로
沈潛되어 가는 血管.

幸州山城 갈대꽃

울먹은
喪服의 微笑.

비린내 낭자한 江바람에
모시치마 나부끼듯
간드러진 허리 허리.

여윈 햇볕에
幸州婦女子들의 옛 指紋도
밝디 밝은 강변 조약돌.

맺힌 恨
江心에 뿌리 내려
찬서리 모는 기러기 따라
아스름 하늘가에 흐른다.

그 때
그 때의 화약 냄새
修羅場소리
타는 듯한 노을 속.

울적한 山城에
휘휘친친 피어오르는

대낮 素服의 紙燈行列.

서럽도록 아름답게
하르르 하르르 무늬치는
씨뿌려 來日을 밝히는
祝祭다.

梅花

눈발에 소곤대는 密話.

어둡게 짓누름의
뜨악한 나날을 벗어나
하롱거려
모두 어디만침 오는 것을?

깨인 하늘을 숨 쉬며
한껏 皮下의 맑은 소리에
귀 세우고,

남쪽 햇살에
눈짓하는 사뭇한 발돋움.
껑충
모두 어디만침 오는가를?

一陣해 오는
홍청한 바람 자락
살포시 붙잡기도,

방싯
방싯
입술 흩으며,

그리 오래도록 수줍었던
가슴 헤집어
먼저 좀 띄워 보낸다.

冬柏

自鳴鼓를 찢을
樂浪公主 발걸음 같은
零下의 판가름 길.

입김 손에 불며
쓰러지면 일어서고,

눈보라 國境을 넘어서
찾아온 戀心.

얼싸
한꺼번에 쏟아질
눈물 속에 묻힌 微笑.

횃불

洞窟 밖으로
날아가는 새.

어둠 가루 떨어지는
파닥이는 소리……

대질른 핏자국
핏자국들
비린내가 흐른다.

떼지어 출렁이는
성난 불꽃
뚝을 넘어
江을 이루고,

한사코 굽이쳐
넘실넘실거리는 바다
머언 새벽을 트인다.

撤去民의 눈

1

엽총소리에 소스라친 꿩
方向 없이 하늘에 꽂혀
파닥이는 失明.

砲煙에 싸인 모리꾼들이
視野에 범람댄다.

콘크리이트 뚫는 브레이카 소리에
흐느끼는 鐵筋.

앙상한 파편들이
덤프 트럭에 산더미 이루고,
도깨비 횃불 같은 夕陽에
핏발 눈빛이 실성거린다.

2

撤去民의 눈빛이 사라진 자리
검은 아스팔트 위에 車輛이 맥박치고,

撤去民의 눈빛이 떠나버린 자리
푸르디 푸른 그린벨트가
산새를 불러들이고,

撤去民의 눈빛을 까맣게 잊어버린 자리
파아란 잔디밭과 常綠樹 사이
솟구치는 噴水에
아침 햇살이 눈부시게 부서진다.

未來

또 하나의 새로운 太陽이다.

햇살이 낯설게 쏟아질
永遠한 午前의 꿈마을이다.

비단폭으로 펼쳐질 廣場에
폴폴 날으려는
저마다의 겨드랑에
여린 날개가 돋아난다.

아직은
못견디게 겨드랑이 아파 슬퍼도
地下에 잠든 寶石이
눈 뜨는 날을 위해
한껏 숨 모두고,

낯설은 午前의 마을에
靑銅色 비둘기 떼 파닥일,
拍手소리 噴水로 터질,
그날의 祝祭가 있기에
한사코 내친 걸음이다.

　　　　　─ 쏜살이다.

沈默

산자락이 흐르는 가슴에
도라지꽃 향이 풍긴다.

그 입술
岩壁으로 굳히고,

그 눈가
하늘이 무겁게 내리고
가지런히 끝없는 地平線이 존다.

발자욱마다 이끼 서린
太古의 길.

공포로운 고요
永遠에 닿은 무덤 속이다.

무한위 空間에 가득 차는 정막인가,
未來도 없이
地下에 잠재우는 鑛脈인가,

世紀의 終末이나 告하는 듯
엄숙한 密閉
천 길 海底에 갈앉는다.

意志

슬프도록 파아란 하늘 아래
아슬한 벼랑바위에 떨어진 솔씨
숱한 죽음의 고비 넘는 發芽.

끝끝내 뿌리 뻗는 거미줄 목숨.
흙과 水分을 땡기는
沙漠 같은 숨결.

바람이 불 땐
으깨지는 손톱 발톱에
바위도 슬프다.

뽀개는 뿌리의 의지로
살아볼 때까지 살면
화사한 햇살 따라
靑瓷에 묻히는 盆栽가 된다.

午後의 톱질소리

쓸으릉 쓸으롱
午後를 누비질하는 톱질소리.

글썽한 노을빛 天下를 물들일 녘
슬픈 톱질소리는 棺木을 낳고,

떵― 떵―
入棺소리엔 서러움 海溢 이루네.

맑은 톱질소리는
과일을 열게 하는 果園의 剪枝.
내일의 햇살 속엔 無限한 微笑 지으리.

그 중 어느 하나만을 고눠야 하는 톱질.

地平線가에 물살로 노래하는
톱니소리와
노을빛 속에 한사코 맑은
톱질소리에
모꼬지는 무리.

번득이는 톱니
歷史를 수 놓아 아르롱거리네.

쓸으롱 쓸으룽
午後를 누비질하는 톱질소리.

風前燈火

瞬間과 永遠으로 가를
칼날 위에 핀 실성한 꽃송이다.

쏜살로 거칠게 치달은 時遠
날망에 부서지는 출렁임
땀을 싸는
絶壁 아래 흩어질 꽃잎.

풍요로운 大地의 품안에
永遠으로 피어날 한 떨기.

공포로운 암흑 속에
자지러진 울음이다.
깜박 스러질 오한이다.

세상을 뒤덮을 질긴 뿌리.
우주를 불태울 모진 씨알.

瞬間과 永遠의 틈바퀴에
숨막히게 피어 떠는
슬픈 꽃송이다.

銀盤의 妖精

길 잃은 雪國의 女神.

푸른 匕首靴로
한사코 누벼도
길은 있고
길은 없다.

旋律은 눈송이로 내리고,

유리알 번득이는 銀盤 위에
실성한 迷路.

한 치 밖엔 죽음뿐인
요염한 氷線.

旋律은 싸락눈으로 자지러지면,

숨 죽여 바닷고동처럼 휘몰아
雪國에 날 회오리바람.

停電처럼 멎고
銀盤 위에 핀
가녀린 한 떨기 造花.

잔잔한 가락에 풀려
뱅그르르 꽃잎으로 지다.

소스라치면 狂風이 일고
氷岸線을 아슬히 나는
失神地帶.

홀홀히 날은 산새 떼
- 人壽峰등반 참변에 부쳐

폴폴 날아든 산새 떼
人壽峰 날망에
솔씨를 물고 햇볕에 쪼아리는 부리.

칼날 같은 狂風의 채찍에
바위엉서리 후벼파던
風蘭뿌리 빨가장이 손발.

西녘 하늘에 뜬 머리카락 하나
마지막 붙잡으려
손톱 발톱 으스러지는
공포로운 絶叫.

처절한 江물로 흘렀다.

씨알 속 순수를 찍어 발 모든
서럽도록 멋진,
홀홀히 떠난 산새들이여!

실낱같이 멀어지는
슬픈 他界의 江줄기 따라
허허로운 북망천에
티끌만히 날으는가?

눈속의 봄

간신히
積雪의 허리 흐르르 꺾어 놓더니
마지막까지 짓누르는
눈발 속에서
곱디고운 숨결 간직한 채
머언 발자국소리에
쫑그리는 귀.

스러진 듯하다
몇 번이고 뒤쫓아온 진눈깨비의
뜨악한 생떼거리에도
수런대며 밀려오는
엄연한 몸짓들에
살포시 눈부시고,

꺾인 殘雪 江물에 띄우는
봄 노랫소리,
걷잡지 못하는 들성한 바람결에
閨秀의 마음 같은 하늘이 흐른다.

보리밭

1
하얗게 잠든 눈벌 깨우는 復活의 序章.
우중충한 잿빛 하늘 비끼고 다사론 햇살을 줄 당기는
제비새끼 부리처럼 여릿 여릿한 발돋움.
겨우내 서린 지조로운 꿈
南風에 설레이는 숨결.

2
골 골 푸른 누비질 하늘 끝 잇고
짚신 소리에 귀 세우며 날로 활등처럼 굽어 가고,
푸른 물감처럼 이웃으로 번져 넘실넘실대는 들녘
때론 나비떼 출렁거려,
눈끝 가는 대로 온통 공포로운 푸른 海溢.

3
푸드득 산꿩의 파문이 잦아든 뒤
긴긴 시간을 달이는 고요로운 염황빛 바다.
종다리 티끌만하게 솟아 銀방울빛 하늘 비비면
보리내음 새벽 안개처럼
자욱히 깔려 뜨물잽히는 숨고개.

古宮에 봄은 와도

족두리 쓰고 걸어나오는
宮殿의 張綠水 발걸음.

다냥한 햇볕 금부리로
몽우리 쪼아리어

숫지디 숫진 듯
그 간지른 웃음소리로
환히 벙글으면

실성한 바람
요사스러히 틈마다 기어들고

종다리 부르는
자지러진 아지랑이.

그 너머
다가선 연푸른 山이
燕山君 녹색 저고리빛 하늘이

고와도
저리 고와도

천 길 물 속 굽어보듯
더욱 어지러이 슬프기만하다.

後記

프랑스의 하늘은 거만한 눈짓으로 오만에 가득 차 있었다.

세느강변에는 피 묻은 칼을 씻은 비린내가 망각 속에 사라져 가고, 저마다 人生이 무엇인가를 찾고 있었다.

그리스 神殿들의 돌기둥에 걸친 하늘자락도 화사한 회상에 잠겨 있었다. 부호의 나라 쿠웨이트의 사막은 낙타등에 대한 두려움에 분발하고 있었다.

韓國의 技術陣은 검은 大陸에 뜬 太陽처럼 건설에 불꽃 튀고 있었다. 그러나 유유히 흐르는 印度의 갠지스江은 아무 말이 없었다. 서럽도록 우울했다. 어떻게 해야 할 것인가?

생각하면 몽마르뜨의 어느 女流畫家의 눈짓이나 오페라좌 부근 까페에 앉은 어느 少女의 담배연기 속 그 눈짓도 슬픔을 열심히 지우고 있었다.

아테네의 民俗工藝品 상점의 어느 부인의 눈짓도, 쿠웨이트 호텔 어느 여종업원의 눈짓도 남모르는 우수를 묻고 있었다.

더욱이 인도 바라나시의 뒷골목 고샅길 어느 꽃장수 여인의 눈짓은 나 그네의 가슴에 진한 잿빛으로 뭉개고 있었다.

김포공항에 내리는 하늘은 너무나도 고왔다. 박수소리가 들리는 듯했고, 우리 아이들이 흔드는 손짓이 아른거리는 듯 싶었다.

그러나 흥분도 가라앉고, 이제 머언 봄을 기다리는 사슴들의 글썽한 눈짓이 떠올랐다.

　오랜만에 남의 힘으로 한 권의 詩集을 내놓게 되었다.

　얼굴이 화끈해 옴을 느낄 수 있다.

　그동안 詩集 이름을 붙이기에 망설이다가 이번에 海外旅行을 다녀오게 된 후에《슬픈 눈짓》으로 굳혀 버렸다.

　이 詩集 가운데는 몇편 개작한 것들도 있음을 밝혀 둔다.

　이 책을 출판하게 되기까지 도와준 문예진흥원과 특히 물심양면으로 지원하여 준 청우인쇄 심 사장과 장정을 진행해 준 김영배 형에게 감사드리며 보림출판사에 인사드린다.

1983년 9월

著　者

제3시집《사두봉신화》

思●社●研●詩●選●10

陳乙洲 遺作詩集

사두봉神話

思社研

1987년 도서출판 思社研 刊/ B6신판, 154쪽

序文

I

詩는 인간의 原型을 그리는 마음이라고 한다. 인간의 원형이란 자연을 말함일 것이다. 그러나 아무리 詩답시고 언어에 매달리며 밤을 지새워도 그 자연 그 인간의 원형이 나타나준 일은 없다.

그러나 무표정하기 그지없는 지하철 속에서 또는 종로나 퇴근길의 인파에 밀려가면서 아니면 매정한 타인들의 사나운 말소리를 들으면서도 문득문득 고향의 사두봉 능선이 마음 속에 어른거리고, 그 사두봉 능선과 더불어 뭔가 친밀해지고 싶은 것은 이상한 일이다. 그래서 이따금 그러한 나를 부정적으로 회의해 보기도 한다.

현실의 패배자라기보다도 너무 과거에 사로잡히기 쉬운 내가 보기 싫어지는 것이다.

그러나 그때마다 인간은 얼마만큼 현실적일 수 있고, 얼마만큼 과거적인가, 도대체 사람을 사람답게 움직이고 생각하게 하는 것은 무엇일까 하고 추구해 보고 싶은 것은 나만이 아닌 것 같다.

사람은 누구나 현실을 쫓고 쫓기며 바쁘게 주어진 삶의 일정을 채워나가고 있지만 결코 누구도 그러한 현실에 스스로의 살아있는 모습을 내던지고 용해시켜 버릴 수는 없기 때문이다.

Ⅱ

시인들은 자연을 노래한다면서 곧잘 고향의 산천을 그린다.

자연은 누구에게나 대상화할 수 없는 우리 스스로의 구체적인 실체이고, 고향의 산천이야말로 우리의 마음이 어려 있는 무늬이자 살결이라고 할 것이다.

그러나 나는 어쩐지 좀더 친밀하고 좀더 자상한 나의 자연을 찾고 싶어졌다.

고향의 산천도 그려봤고 노래해 왔지만 그것이 몸으로 느낄 수 있는 나의 고향은 아닌 것 같다.

고향이 그리워 고향을 찾을 때마다 늘 실망하고 오히려 마음의 고향을 잃은 마음으로 돌아오게 되듯이, 고향의 산천을 그리면 그릴수록 고향과 나의 자연은 멀어만지는 것이다.

그리하여 내가 사두봉신화를 찾기 시작한 것은 1983년의 시집《슬픈 눈짓》을 출간하면서였고, 그러한 나의 새로운 마음의 행로는 너무도 당연한 일인지 모른다.

시인에 있어서 무엇보다도 고향의식은 어디까지나 몸에 젖은 말, 마음을 저리게 하는 나 스스로의 고향의 말에 다름 아니라는 생각이 들기 비롯했기 때문이다.

어떤 의미에서 詩라고 하는 언어 표현은 적어도 의미 전달이라는 점에서는 오히려 언어의 본질까지도 때로 무시하고 뛰어 넘으면서까지 초인간적인 세계와의 교감을 기구하는 생명의 제의적祭儀的 발산이라고 해도 지나친 말이 어닐 것 같다.

우리는 분명히 문명을 구가하면서 생활의 모든 것이 과학적으로 변모하고 있는 것이 사실이지만, 그러나 아직 그 과학문명에서 인간으로서의 실존을 향수할 수 없고, 생명 그 자체가 과학 이상의 진실을 요구하는 이상 시야말로 가장 인간적인 가치 표현일지도 모른다.

III

詩라고 하는 이 한 문자가 가리키고 있는 그대로 言과 寺의 구조적인 만남 자체가 이미 말의 제의祭儀를 뜻하고 있는 것이지만 현대시는 확실히 갈수록 미묘하게도 시만이 거의 유일하게 문명으로부터 인간의 실존을 지켜나가려고 하는 문명에 있어서의 제의형식祭儀形式이자 인간의 내적 열망이라고 해도 좋을 것 같다.

보는 눈에 따라서는 나의 이 사두봉신화 속의 시편들을 실없고 허망하기 짝이 없는 샤머니즘의 넋두리로 생각할는지도 모른다.

그러나 나는 시에 눈이 뜨이기 시작한 대학시절부터 결국 시란 언어를 초월한 인간 존재의 충동에 지나지 않는다고 믿고 있고, 神 지피지 않고서는 그러니까 신명나지 않고서는 그 어떤 언어도 존재의 의의가 없는 인간의 정신적인 지향성이라는 것을 확신하고 있다.

그리고 그러한 시적 정신의 자유에서만 우리는 우리의 모든 삶이 생명감을 얻고 자유로울 수 있다는 것도 주장하고 싶은 나의 시관詩觀이요, 인간관이다.

실상 같은 언어 활동이면서도 시적 언어를 다른 모든 커뮤니케이션의 언어 활동과 동일시하는 가치의 혼동은 아직 없는 것 같다. 그러면서도 시적 언어를 합리적인 언어 활동의 한 가지로 생각하고자 하는 것도 현대 문화의 일반적인 성향이 아닐까 여겨진다.

마치 기독교의 '삼위일체적신관三位一體的神觀'이나 '성찬聖餐미사' 등의 제의형식祭儀形式을 합리적으로 생각하는 것과도 같다.

어째서 그러한 신화적神話的인 제의내용祭儀內容들은 합리적으로 현대문화가 거리낌없이 수용하는데, 유독 우리의 민족적인 신화들은 한결같이 샤머니즘으로 낙인을 찍고 배척해야 되는 것일까.

하나는 詩라고 하는 문학 예술의 한 장르로서, 또 후자들은 종교 신앙이라는 특전에 있어서 보호 받을 권리가 있고, 우리의 민족적인 신화에 대해서는 그 어느 것을 막론하고 가혹하게 학대 받아야 하는 것인가.

물론 사두봉신화는 우리의 민족 신화를 대표할 만한 것은 아니다.

그러나 이 사두봉신화는 분명히 우리 민족 신화가 갖고 있는 본질적 요소를 거의 빠짐없이 갖추고 있고, 또한 무엇보다도 중요한 것은 헤아릴 수 없는 역사를 통해서 우리 민족의 삶의 지혜가 되어오고 있듯이 사두봉신화는 그 민족 신화의 내용과 형식의 모든 면에 있어서 내 고장의 삶의 생산적인 지혜가 되어왔다는 사실이다. 어떤 종교에 못지 않게 사두봉신화는 긴 역사의 우여곡절을 통해서 내 고향의 삶을 지켜보고, 삶의 의지와 슬기를 불어넣으며 무엇보다도 친밀하고 유익한 가치로서 벗이자 스승이 되어오고 있는 것이다.

그러기 때문에 이 사두봉신화의 한 권 시집은 단순한 고향 의식의 산물도 아니요, 또한 샤머니즘에 대한 예찬이거나 복고적인 취미에서 비롯된 것이 아니다.

나는 오직 이 사두봉신화의 노래들을 통해서 나의 고향 사람들이 어떤 가치 의식과 삶의 감정으로 수천 년간의 공동체 생활을 영위해 왔으며, 어떻게 분화 발전해 왔는가를 애정의 눈으로 지켜보고 싶을 뿐이다.

그리하여 아직도 이른바 시적 언어로서나마 연연히 흐르고 있는 민족의 신화적인 숨결을 돌이켜 보고 싶을 따름이다.

1987년 9월

著者 識

사두봉의 아침

햇살 편 소용돌이 속
불구름 타고 비바람 몰아
사비약 내린 蛇頭

고리포 발치에 두고
반고갯재 스친 길

맑게 깨는 하늘 아래
아련히 이룩되는 요람
지축 울리는 맥박

그리도 몸부림으로
발버둥침인가

때로는 비단실 풀리듯
때로는 광란의 탈출로
서둘대는 바다

또 어디로 떠나려는
그 다한 준비

앞지락 미밀 여미고
고집스런 깊은 貞節

공포로운 침묵으로
발 모둔 육지

노령산맥 맥박 타고
쏜살처럼 미래가 열리는
아침이여

*사두봉 : 전북 고창군 무장면 소재
고리포 : 전북 고창군 상하면 소재
반고갯재 : 전북 고창군 상하면 소재

왼 눈(샘)

어둠 뚫고 솟구치는 샘물
水晶 우린 무변의 욕망

해으름에 모여드는 물동이
박꽃 같은 웃음밭

산발에 살포시 돌아서는
노을빛 취한 수줍음 앞
초립동이 몸 씻는
사두봉 얘기

가슴 가슴에
짓짓이 사랑으로 엉겨
알알 꿈이 잉태하는
살팍진 마을

날개에 달빛이 녹는
기러기떼
어둠 설핏거리는 미나리꽝
이슬 내리는 입김

끝간 데 쫓는
왼 눈살
魂을 밝히는 등불이다.

오른 눈(샘)

하늘 끌어당겨 치솟는 샘물
두리번대는 千里眼

새벽마다 모이는 글방도령
紫木蓮빛 웃음바다

미루나무 둥주리 품은 새벽 까치소리
연꽃밭 미루적거리는 어둠
쪼고

가슴마단
인정이 피어
한껏 선망의 뿌리 내리는
城 안

남쪽 벌에
말굽 햇살 부서지고
거문고소리에 화살 물고 떠는
남산 과녁 아래
이끼 푸른 시냇물로
넘치는 소망

무지개 피는

오른 눈살
태양을 잇는 始原이다

風葬

城 밖은
밤내 백여시 대밭을 울렸다

옥관자빛 하늘 숨 쉬는
소슬한 사두
미래를 꿰뚫는
활을 당긴 눈빛도
관자놀이 찍혀
솟구치는 피비린내

햇살 번쩍이는 괭이와 삽으로
꿈틀대는 머리 찍혀
삽시간에 천둥소리

비내리는 사두
소쩍새 울음 속에
飯含 입에 물려
두 눈을 메웠다

왼 눈은 城 안터로 넓히고
오른 눈은 東軒터로 높여
병풍처럼 城을 둘러
유도리 모퉁이 下馬 등을 닦아

피비린 바람에 묻히는 고을

실성한 까마귀떼
하늘 가는 맷돌

茂長 장날마다 피를 마시는 초립동이
소복으로 나타날 때
꽃봉우리로 스러져 가는
娘子

히끗 히끗 흰 나비 되어 넘는
새떼 찢기는 土城

南門 아래 저잣거리
茂長 파장의 민심은
안진머리 장터로 빠져 나간
통곡의 찬바람 해으름발에
개구리떼만 들끓었다

당신의 還生

한사코 재앙을 막기 위해
불길처럼 하늘에 치닫는
당신의 還生

사두봉 자리 느티나무 심고
두 우물을 새로 팠다

집집마다
정화수로 새벽을 밝혀
鄕約이 무성한 사두봉
느티나무 숲

우물가에 다시 피는 꿈
숯대 밑에 미나리꽝
하거리 연못에 핀 꽃
당신의 미소

鳳麟山에
한이 풀리는
학의 울음 떠나며
개구리소리 몰려가고
눈부신 햇살에 굽니는 메밀꽃 바다
골 골

강남에 돌아갈 제비의 누비질 속
대지를 숨 쉬는
당신의 씻부신 하늘

고을은 기도 속에 묻혔다

      *솟대거리 : 고창군 무장면 무장리의 속칭
       하거리 : 상동
       봉인산 : 고창군 무장면 소재 산 이름(인교초당 뒷산을 필자가 지칭하는 것
       임)

茂長土城

하늘의 푸른 건반을 두들기는 종달새

백성의 소리에 기울이던
鎭茂樓의 용마루 귀
오월의 선율 타고 天上을 드나드네

태양을 잉태한 발랄한 맥박소리
유구한 茂松의 뿌리를
아랫배에 기르는 土城

꿈틀한 蛇頭峰을 꿈에 안은
그리운 어머니 같은 치맛자락

때로는
茂長掌內의 負商들이
쑥설대던 번화한 저잣거리

때로는
대장태를 타고
총을 쏘며 모꼬지던 딱총나무 우거진
여시뫼봉에
東學軍의 뜨거운 함성이
하늘에 타올랐고

이따금
下馬등 말발굽소리에도
귀가 밝아 벌떡 일어서는 土城

철따라
굿거리 열두 거리 굽니던
질팍한 城門

초립동이 드나들던 성 밖
숯대거리 당산에
달밤 부엉이가 울면 풍년이었고
백여시가 울면 꽃상여가 나갔다

시방도 살막에선
짭짤한 미역내음 갯바람이
활등 같은 신화의 등허리에
부딪쳐 온다

*여시뫼봉 : 고창군 무장면 소재 뫼 이름
대장태 : 대로 만든 장태에 바퀴를 달아 속에서 총을 쏘며 굴러가는 수레
살막 : 고창군 심원면 바닷가 마을 속칭

고리포 해당화

명주 필로 깔아 논
백사장에
흘린 피

바닷바람
짓궂게 흩어놓은
쓸쓸한 미소

꽃잎 그늘에서
어둡게 나부끼는
풍장을 스쳐온
비린 내음

바르르 떠는
입술

茂長土城 넘어 온
娘子의 化身

한 맺힌
고리포의 꽃
해당화

바다에 冠을 던지고
네 앞에
무릎 꿇는 함장

茂長 당산제

성 밖은 농악 속에 일어섰다

피묻은 사람 물러가라
피먹은 사람 물러가라

새 살결 黃土 곱게 깔고
소금 뿌려
인줄 달아
정성 고인 제단에
촛불이 떴다

당신의 孤魂

불칼로 되살은
뱀의 혓바닥
어둠 짓씹는 모댓불

祭主의 기도 앞에
뱀의 원귀도
娘子의 원혼도
박수의 呪術에 실려
날이 새도록 춤추는 고을

복숭아 나무
손때 매운
북소리에
먹구름 풀리는 아침

南山 소쩍새소리

천년 푸른 南山
鶴이 짓밟아 스러져 가고
별들도 소스라치는 밤

흐드러진 벼랑
아카시아꽃 내음 속
고삐 잡은 매미소리
下馬등 너머 논배미
천하를 얻은 개구리소리
해일 속에 城 안이 갈앉았다

유독 피 묻힌 사람
부슬비 속에 소쩍새만 울면
가슴이 뛰어
귀를 막고 머얼리 도망쳤다

蛇頭를 찍어 죽인
불안한 손짓들이 떠는
바늘끝 머리카락
오싹한 風葬地帶

개구리떼 들쥐떼 고추밭 서리대고
성난 폭풍으로 城 안이 뒤집혀

용마루 날렸다

저마다 가슴 속엔
진주를 앓는 조개처럼
옛 사두봉의 사무침만이
강물로 흐른다

여시뫼봉

술 삭는 냄새
취한 서녘 하늘자락 내리고

외약살 새끼 꼬듯
섬뜩 늘어빼는
여시 울음소리

밤새
마을 지붕 위에 널린
적삼

하얀 喪輿꽃에
숨결 어루는 듯
하늘 하늘 넘는 흰나비

황토빛 살결 모질게 짓이기며
바람결에 끊칠 듯 끊칠 듯
저승길 잇는 요령소리

쏟아지는 뙤약볕에
출렁이는 晚詞

슬픔은

잠겼다
떴다

喪輿집

바닷속 배사구 같은
언덕

털끝 바람도 흐르지 않는 꿈속
숨막히는 공동묘지 길

잡초 꺼칠한 패인 고랑 지붕
꼬꾸라진 썩은새 머릿발
토담집에

죽은 C랑 Y랑
숨소리 죽여
손가락 으스러지게 맞잡고
꿩새끼처럼 들여다보던
빈지문 틈 사이

상여틀 빨강색이 달려들고
썩은 새끼 밟은 소리에
도망치다 잃어버린 귀신 붙은 내 고무신 한 짝

그날부터
가슴 뛰는 버릇
바다 우지짐에 귀를 막고

나선장으로 몸 조여
그렇게 학질 떼던 곳

박 판동이는
달밤 상여집에서
물개처럼 과부와 은밀히
드나들었다는 소문도
새여 있는 곳

*喪輿집 : 고창군 무장면 교흥리 소재

반고갯재 서낭당

고리포 바다가 보이는
날으는 갈매기 날개 사이 같은
등허릿고개

힐마이 산소 옆
돌버짐 핀 바위 틈에
가늠질 막대 꽂아
전생의 문틈을 빠끔히 내다보고
서낭당에 기원하는
내 아바니와 나란히 앉아

발등에 적셔오는
송홧가루 파도에 물먹었었지

허리끈 같은 산길이 풀리고
솔잎살 초록 치마폭으로 나부끼면
어느 태초의 대낮 여인의 속살 같은
신비에 닿은 듯

맑디맑게 사운대는 山神의 음성
천 길 땅속 어디선가

이마에 와 닿는

시원한 물소리

너무나 깊고 오묘한
코끝이 찌잉하는
슬픈 솔바람소리

서낭당 그림자가
바람 따라 사라졌다

안진머리 대목장

함박눈이 쌓이듯 鶴이 모꼬진
松山里

소금배 같은 산모롱이
벌렁 넘어
김 피어나는 무밭 박 덕배의 오줌구멍

소금기 어린 내 이마의 구슬땀
팔뚝으로 문지르면
저만치서 오는
펄렁거리는 여인의 치맛자락

술참 때가 넘으면
장터는 둥실둥실 만삭

옥양목값, 쌀값
영광굴비 시세까지 팽팽하다가
점심때가 넘어
대목장은 기우뚱 아랫배가 무거운
자진모리 産氣

소리소리 지르는 돼지새끼 구덕
주렁주렁 매달린 닭 바지게

초립동이 소동에
딸 시집 보낼 황소값 흥정도
반지락 다래끼장수 아낙네들
눈짓까지 헤퍼진다

돈도
물건도
막걸리잔도
강그라지는 엿장수 가윗소리에
햇살 뉘엿뉘엿거리면
후한 인심이 順産되는
안진머리 대목장

송림동네 과수댁
물방아간 소문보다
정화수 그릇 고르는 손끝에
해가 저문다

*안진머리 : 전북 고창군 해리면 소재 속칭 지명
송산리 : 상동
송림동네 : 고창군 상하면 송곡리 속칭 지명

당갈봉사 뛰기소리

당갈봉사
댓잎 쪽배 흐르듯
창자속 고삿길 빠져 나와

때죽나무 아르롱대는
여울목 징검다리
가야금줄 누르듯 뛰어 넘어

신난 논두렁 활등으로 휘돌아
얼시구 천하를 내흔드는
뛰기 번개칼질
아스라이 하늘만 두 동강이

치솟은 미루나무 타고
이웃 봇두렁에 떨어진 벼락

외약골 고추밭 허수아비
너머로
까맣게 사라지는
나락 뜨물 씹던 덕석진 새떼

양지등 유두배 익어가는 냄새
울적한 추석을 앓는

당갈봉사 앞에서
차꼬만 뿔빗질하던 꽃님이
기어코 파아랗다고 우겨쌓던
비개인 가을 하늘이

소경도 유독 서러워

오늘도
이웃 꽃님이네 원두막
불붙던 깡통소리 없어

낼앉는 가슴 속에
사라지는 뗴기소리

*외약골 : 전북 고창군 상하면 송곡리 소재 마을 속칭

애깃보

엄마 어름 따라 방실방실 웃는 애기
가뭄과 물난리 막기 위해
대낮 보자기쌈으로
石築葬을 치룬 보

수백 마력 落水 부서지는 분말 속
애절한 애깃보 울음 찢기는 천 갈래
느닷없이 먹구름에 묻히는 마을

삼밭 같은 은빛 짝달비가 쏟아지고
산꼭대기에서 내려치는
불칼 맞아 짜개지는 삿갓 옆에
느티나무

방천가 염소를 삼킨 홍수
가뭄 타던 목화밭 빗어 뉘고
논배미 번번한 울음자국 모랫벌로

그래도 어둠 뚫는 내 어마이 물동이
이마에 물이 넘칠 땐
아슬히 눈감는 새벽 祈願

물 버큼 속 발버둥

여린 아침 햇살에
水菊 같은
손짓
손짓

발목 붙잡힌 채
흔들흔들

귀를 막는 귀를 막는
애기 울음소리

*애깃보 : 전북 고창군 상하면 송곡리 소재 제방

각시바위

친정 어마이가 쥐어 준
銀粧刀의 고요

서방은 도박에 각시 내놓고
휴지처럼 몰려간 바람

촛불 앞에
한 서린
無量의 합장

풀리지 않는
겹겹 속곳의 매듭

세상이
폭삭 매운재로
불타지도 않는
빙하의 원통

거센 가시밭
성난 물난리
미친 천둥

환장한 벼락이 담긴

둥 둥 북을 치는
여인의 가슴

끝끝내
불길이 식어
뽑아내는 뽑아내는
흙냄새 무명실

서리 내리는
기인 기인 여인의 한숨

자식은 온데간데 없고
세상 끝까지 서방을 기다리다 기다리다
바람 속에 굳어버린 天女

*각시바위 : 고창군 상하면 송곡리 소재

벼락바위

벙실벙실 웃는 애기
자루에 넣어
石築葬을 치룬 송림동네 「애깃보」
슬픈 목소리에
미치광이풀만이 하늘거려

하늘에서 떨어진
집채만한 벼락바위
마을이 쏘가 되었다는 흔적

울다가 울다가 안으로 굳어버린
무서운 귀신바위

날씨가 기울면
머언 천둥소리로
장사산 넘어 몰려가고

열직쯤 학질을 앓고 나면
내 어마이 등에 업혀
뙤약볕 대낮에
벼락바위에 버려진 채

호박잎으로 코피를 막고

내 어마이 피묻은 서답을
가만히 내 얼굴에 덮어두면

우렁딱지 떨어지듯
학질이 떨어지는
신들린 벼락바위

새벽 촛불의 눈물 앞에
서럽도록 조용한
마을 부녀자들의 손빌이 벼락바위

비가 오는 날은
시방도 무섭게 천둥을
치고 있다

*장사산 : 전북 고창군 상하면 송곡리에 있는 산 이름

장방촌 초분

뼛속까지 스며드는 달빛

섬뜩 일어선 해묵은 갈대
어리어리 몰려오는 그림자
발자국소리도 없이

깊디깊은 유리관 속 정막

별들도 잠이 든 밤하늘
초새밭에 누워 있는
키 큰 꺼벙이

여시 장방촌에 오르고
박쥐가 날아간 아침

햇살 찢어대는
법석진 새떼
피투성이 가마귀떼

벌 개미 모꼬지고
소리개 하늘 빙글대는데
달도 해도 한없이 무심한 세월

웃어른보다 먼저 죽은
슬픈 시간

삐비 뽑다 이르는 장방촌
찔레 꺾다 다다른 초분

쓸쓸한 아카시아 꽃내음
산에 들에 흔근히 흐르는데

*장방촌 : 전북 고창군 상하면 송곡리 소재 산 이름

터주神

앞산에 기어오르는
늙은 태양과 함께 지켜온
질기디질긴 땅

베 석자와 짚신을 넣어서
터주자리에 달아둔 오쟁이

아랫목에 귀신단지 三代할매
우렁이 껍질로 앉아
바라만 보던 울안에 주저리 덮은
터주항아리
밤눈은 더욱 크게 떴다

굼벵이 콩을 볶아서
우렁이 새끼 같은 안팎의 손자 고손자들이
재미있게 엉클어진 卑神端午

터주항아리가 깨지던 날
동네 개가 한꺼번에 짖고
흙바람 속에 솔씨로 자라온 대들보에
흰띠 매달리고
마을 앞에 喪輿가 나갔다

바람과 함께 사는 사람
모두 영검에 떤다

成主神

대청마루 대들보에 꽂혀 모셔진
쌀알과 왕돈을 고이 싼
한없이 꿈꾸는 조선의 창호지

간절한 내 어마이 손빌이
물에 떨어진 먹물처럼
응어리가 풀리는
다사로운 미소

액때움의 呪術에
까만 눈을 크게 뜨고
풍요를 내려주는
선반 위에 성주단지

햇곡식으로 떡치고
술빚어 고사 드려
성주풀이 뒷산을 누르고

저마다 일어선 시월 상달 성주굿
하늘 끝에 닿았는데
구름밭에 달리는 말발굽소리

*성주단지 : 보리나 쌀을 넣어 둔 단지. 풍요의 수호신의 표상임

조상神

안방 시렁 위에 조상단지

고조할마이 광대뼈로 퉁겨나고
히죽 웃는 주름살
石鏡처럼 들여다보여

그 옆에
할마이 손때가 번득이는
조상 당세기 속
精靈이 깃든 元祖의 베옷은
天上界를 드나드는 白鳥

며느리 아랫배 돌릴 때
식은 땀이 송송치던
내 어마이 이마 같은
대청마루 삼신바가지

바람이 불 땐
呪文으로 깨어나

太古的 햇살에
눈을 뜬다

*조상단지 : 쌀을 넣어 둔 단지로서 조상신격인 표상임
조상당세기 : 조상 상자로서 옷을 넣어 둔 조상신격인 표상임
삼신바가지 : 아이 낳는 일을 맡은 조상신격인 표상임

조왕神

우물질 얼음 깨는 소리
새벽이 열리고

부뚜막 과녁배기 작은 土壇 위
井華水 떠 올리는
조왕중발

어마이 손빌이 곁에 달린
내 손도 겨울 고사리

呪術의 입김이
새벽 안개처럼 피어나면
외양간 쇠말뚝의 뿌리도
깊이 깊이 내리는 시간

새봄이 오고
所出이 오르내리는
丹田의 기인 安危의 숨소리와

6.25 후 소식 끊긴
큰아들 돌아오기를 비는
뜨거운 눈물은

어쩌면 웃대 할마이의 司祭를 이은
大母神

손끝에선
아궁이 불이 타는 아침

마을 어귀에는
떠오르는 햇살에 돌무지도
웃는다

*조왕중발 : 부엌神은 조왕이라 불려지고, 조왕중발은 그 신격을 표상함
 손빌이 : 목욕재계하고 새벽이나 밤중에 손을 비는 것
 大母神 : 신격화 된 어머니의 상징
 돌무지 : 오가는 사람이 소원풀이를 위해 돌을 던져 쌓아 올린 서낭

부엌神

빈지문소리만 나면
기둥 타고
천정에 숨어버린 흔적
붙잡고 오른 거미줄만
어둠 속에 흔들린다

어디서인지
내다보고 있을
숨소리
숨은 눈

밥티 한 알 버릴 수 없는
空間
바르르 떨리는
良心의 赤裸

井華水 앞에
까만 소두랑 뚜껑만
어마이 유방처럼 따스하다

바람만 불어도
신들이 매달리던 거미줄만이
정막 속에
숨 쉬는 삶이다

三神

모시치마로
뒤안 대밭 사이를
소리없이 드나드는
은비녀에 은발의 紅顔

우주를 담은 씨알 하나
上樑 밑에 던지고

三神할매의 손끝에 이는 바람
만삭된 妊婦의 신음은
지축 흔드는 천둥소리

눈에서 번개치고
빗물로 흐른 끝에
생명의 탄생
빛이 열려

뜨거운 사랑의 손자국은
몽고반점의 지문

三神 바가지에 흐른 땀
門前인 줄
바람에 흔들어도 보고

고추가 떴다
숯이 잠겼다

장독대나 쌀 뒤지를 들여다보고
바람처럼 대문을 나서는
흔적

기침소리는
푸른 하늘에 흰 구름처럼
걸어놓고

우물귀신

밤이슬 빗질하던 샘터의 향나무
어둠 사루던 나팔꽃
밤내 수떨이던 흔적들만 남긴 채

인기척만 나면
죽은 듯이 숨는 새벽의 波汶

소곤대던 별들이 숨어버린
水深 속에
새로이 끌어안는 새 아침의 태양

오짐 똥 싸는 사람
불칼로 벼락치는
대낮의 형장

향나무 뿌리 울긴 물
나팔꽃잔으로 떠마시는
그림자 같은 입술

갈증의 물바가지에
버들잎을 띄우게 하는
구름 같은 손끝

바람만 불어도
애써 숨는
자국
자국

바람 끝에 발자욱소리만 남기고

天神

바른 倫理 앞에
손을 번쩍 들은 아바니 같은 웃음

햇살처럼 天上의 來往으로
이승은 回天舞

　　　둥! 둥!

非情의 세계엔
불칼로 내젓는 노도

따사한 숨결은 씨알을 트이고
차가운 입김은 죽음을 낳아

　　　둥! 둥!

풀잎에 앉아 흐느끼며
나뭇잎에 붙어 아롱대고
나뭇가지 목을 쥐고 흔들어대는
神通力

개골창에 내려 물소리로 흐르다가
땅꽃에 멈칫거려 잠자리로 졸다

햇씨의 수태를 찾아
땅거미 속을 헤매는
영원한 迷路여

둥! 둥!

地神

자애로운 품안

어마이 입김이다가 얼굴이다가
빨리는 젖줄

당겨주고 품어주고
만물의 숨결을 이어주는
생명의 근원이다

때론 오싹한 손톱
분노의 아가리로
배신 앞엔
인간은 이슬 같은 목숨

바다와 산과 들판에서
얼굴도 없이 우뚝 솟았다가
지평선에 바람기로 사라지는
아지랑이 치마폭 같은 모습

싹이 트는 濕地
끝없는 迷宮이여

山神

상가집 굴뚝 속에 들어가는
고양이 발자국소리로
일어서 오는 壽衣
백발에 半面의 影像

지팡이 한 번 휘두르면
가뭄으로 농작물을 태우고

도포자락 한 번 저으면
폭풍으로 마을을 쓸어가고

침 한 번 뱉으면
유행병으로 인명을 앗아가는
幽谷의 혼백

오늘은
府使 셋째 딸 차례가 되는
마을이 온통 통곡 속에 묻힐
머리끝이 솟는 밤

때로는
산과 산 마을과 마을을
지축으로 누비는 飛虎

안마당에 살풀이 패랭이가
떴다
먼 산이 출렁대는
山神堂의 女樂
어디로 가는 혼령인가
해는 저무는데

보름달 그림자로 가린
얼굴이
바람 끝에 지붕을 넘는
은빛 옷자락이여

水神

물총새 쇠말뚝에서
개미떼 방천에서
날씨를 기울이더니

저수지 물빛이 마파람에 뒤집히고
치솟은 머리발의 한숨소리가
휘파람으로 구르는 모래톱에서

문득
임신 팔 개월의 무거운 몸에
뱃속 애기를 편편한 돌로 대여
띠를 두르고
바다 건너 新羅를 정벌하려 오던
神功皇后의 모습으로

新羅에서 돌아가는 길에
애기를 낳아
日本땅 어느 물가 모래 속에 묻었다가
朝廷에 데려가 王統을 잇게 한
新羅的 물가에 해가 설핏한데

저승길 닦기 위한
넋 건지는 무당굿 속에서

보자기에 싸맨 하얀 사기 밥그릇
子正이 넘도록 먹빛 물속에
넣다 냈다

첫닭이 울기 전에
밥그릇 속에서
보리타작 끝내고 미역감다 빠져 죽은
박순배의 머리카락이
삼일만에 햇빛 보자

꽃喪輿는 쉬엄쉬엄
장계동 앞을 지났었지

神功皇后 : 新羅 정벌을 하였다는 한국계 후손(日本 萬葉集 참조)
장계동 : 전북 고창군 상하면 송곡리의 속칭 마을 이름

農神

솟대 밑에 씨나락 까먹는 소리
간짓대 같은 그림자로 지나
못자리 물어뜯고
허공에 울어예는 흔적

어느새
堂山에서 빕새로 졸다
당간지주에 귀뚝새로 날앉았다
쥐불 자죽 논두렁에서
들쥐로 땅을 파다

여름이면
참봉네 간덩이 송곳니로 좃아대고

메밀밭 윗머리에 죽음의 재 뿌리는
피 묻은 錫杖의 신바람

農神祭床 촛불 타고 내려
祭酒를 마시고
서낭단에 패랭이로 앉았다가
안골 제사떡얘기 찾아

기웃거리다

타죽은 농작물에
靑長刀 들불로 춤추다

액막이연처럼
마을을 떠나가는
보따리

불질러버린 들판에
한숨만 타면서

불의 神

매운재 속의 숨결이다

잠결에
머언 데서 몰려오는 바람소리에
귀 기울이다 부스스 고개 드는
눈빛
빨간 얼굴

이불 잦힌 바람결에 일어선
키 큰 손짓 발짓
독을 품은 혓바닥이다가

할퀴고 물어뜯어
실성한 불칼질

순식간에 삼키는
아가리
외약 눈썹 하나 까딱없이
먹피 자국만 토해 놓고

처절한 슬픔도
바람처럼 사라지는데
사뭇 水神에게

쫓기면서
쫓기면서

수문장神

문간에
벙거지가 끄덕끄덕
완장 찬
말채가 흔들흔들

이따금 달려들어
사람들의 마음 속까지 굽어보고
쓸개 속까지 드나들다
한가로운 시간은
안택굿날의 시루떡을 기다리는
하품도 하고

개도 안 짖는 날은
수문장神도 졸고

담위에 바람이 넘을 땐
꾸뻑 발자국소리를 쫓고
우격다짐하는 神들끼리
깨진 유리알 서듯 핏대도
세우고

문밖에
대바람 타고 왔다가

문안에
기침소리 타고 갔다가

휘파람새가 우는
간지람나무 이파리에
흔적만 남기고

벙거지가 끄덕끄덕
말채가 흔들흔들
문간에 서성대는
아지랑이

男神

족두리풀꽃 피는 반고갯재
산 속
푸른 곰팡이 피어난 城隍堂
서낭님

깊은 산 따오기 울음소리 타고
내렸다가
산골 물소리에도 얼비쳤다가
상다리 휘여진 시루떡 김에도
어리여

꽹과리소리
징소리
박수의 주술에 실린 하늘이 돌고
합장하는 넷째 쌍둥이네 숙모의
무릎이 닳아 피 비치고

마을의 풍요와 안택 속에
두꺼비 같은 옥동자를
점지하소서

서낭님네 눈꼬리가
고리포 칠산바다 황혼에 취해

목세루 같은 땅거미 당기는
호기로운 마음

북소리 주술소리에
이마가 훤하게 풀리는
서낭님의 웃음이
성황당 앞 며느리배꼽꽃에
피어나라

女神

I

갈매기똥 희끗희끗
댕댕이 덩굴 우거진
바위 엉서리 벼랑에
파도소리 삼키는 海娘堂
여서낭님

쟁반 위에 깎아 놓은
남성 생식기의 망건 자국에
도화빛 노을이 피어

방실방실 벙그는
여서낭님 입술

어슴츠레한 방안
豊魚를 비는 촛불도 수줍어라

II

고독에 씹힌
바다에 뜬 고깃배
서낭 앞 아침 쟁반 위에
화장품 참빗 어리빗을
차려 바치는 祈豊

거울 앞에 여서낭님
풍성한 웃음으로 열리는
아침 햇살

번득이는 그물이 새 아침을
열어
어야뒤야 어야뒤야

天然痘神

도깨비바늘꽃이 핀
동구밖에서 기웃거리는
소리 없는 그림자

이쁜 딸 얼굴만 노리는
겨드랑에 낀 열꽃 바구니

아랫방 숙모가
시집 올 때 박하분으로
얼굴에 도배를 하였다는데
이마에 주름살 속 빡빡곰보

새악시 때 꽁꽁 묶인 자국으로
평생 죄인처럼 몸을 움츠리는
시집살이
도화살로 열꽃 피웠었지

동구밖 당산나무에
딸 많은
인줄을 치고
메깃굿으로 해를 넘겨도
쏘가 된다는 장계동 동네 소문에
수세미 같은 노을 속

청춘 과부 내 숙모의 손빌이가 떨고

반고갯재 아래
조왕신 터주신 앞에까지 빌던
감나무밭둑 말벌이 드나드는
고목 밤나무에 붙어 울어쌓던
매미소리에 묻힌
내 어마이 감아 빗은 까만 머리
위에까지 도깨비 같은 몰골로
노랑 꾀꼬리 울음 햇살 속에
만발한 홍도화 옆에서
팔딱팔딱 뛰어 넘고 있었다

廣大神

외약골 깔쟁이
얼굴에 광대만 쓰면
겨드랑에 날개가 솟고
신명난 농악이 하늘 닿게 더덩실

구덕을 등에 메고
광대싸리 밑에 숨어
담장 너머 숨은 이웃집 큰애기를
외약눈으로 木銃 고누면
담징 밑에 맨드라미처럼
귀때기가 빨갛고

옆에 섰던 큰애기네 성님의 산기가
비잉비잉 돈다

구덕에 보리쌀도 무명필도
가득 채워진 뭉클한 인정

서산 너머 해꼬리 물고
지붕도 비이비잉 돌고 돌아

술냄새 곰삭은 고샅길
신 내리면 어지러워 어지러워

광대의 영험에 취한
정월 대보름 달빛이
간장을 파고드네

時神

十二支獸의 허물을 벗고
황홀한 人身化의 기인 여로

어마이 애깃보 안
무중력 탯줄 游泳 끝에
운명의 벼랑에서
등에 짊어진 띠

윤회와 음양오행을 바라보는
藥師如來의 절묘한 미소

十二支獸의 새로운 띠를 걸어주는
무한한 능력의 손끝인가

그 人身
필사의 과정으로
가도가도 공포로운 굴개길

더러는
굴뚝새가 날아가는
외로운 하늘이다가
더러는
굴뚝나비도 지친

서러운 질갱이풀밭길이다가

남몰래 마패를 옆구리에 차는
미소
슬픔 속에 피는
고독의 꽃인가

方位神

열두 가야금줄 神韻을 짚듯이
十二支日의 岩石 속에서
日辰의 두레박질로
건지는 吉兆

한사코
열이튿날은 넘기지 말아야지
손가락이 닳도록
짚고 짚어 보면

암석이 열려 홀연히 나타나는
十二支神將의
따스한 손끝

바람 탄
돛단배처럼
소망의 길이
빠끔히 트인다

해바라기에 비치는
태양처럼
투명한 미래가
활짝 열린다

燃燈神

밤내
바다가 울고
산도 울었다

바다도 산처럼 일어나고
산도 바다처럼 스러지는
바람의 성난 노여움은
천하를 물고 흔들었다

하늘 높이 세운
사닥다리 모양 「馬頭」 밑에
마을 사람들은 땅바닥에
덩얼덩얼 엎디여
바람 자기를 빌었다

시루떡, 북어, 탁주
차려 놓은 굿마당
바다 울음으로 삼키다가
산 울음으로 삼키다가

부정 탄 사람
죄진 사람
바람 속에 묻히는 風葬地帶

문전옥답 다 빼앗아가도
고라댕이 밭뙈기 농사만은
남겨 주소서

저 어린 것들 눈망울은
어쩔라고

떡 얘기에 쫑그리는 말 귀때기에서
바람은 저리도 찢어지게 부는가

帝釋神

몸에 배인 신들린 달빛

舞女의 하얀 고깔에도 묻고
흰 장삼에도 묻고
손에도 마음에도 묻어나
어둔 가슴을 밝혀 놓는
神의 지문

무녀의 허리에
가사와 빨강 띠는
달빛에 요염한 꽃으로 피어

봉당 앞의 「馬夫」와 「소」가
무녀의 눈 속에 들어오자
길길이 뛰는 열꽃

달빛 이슬이
촉촉이 내리는
神의 입김

달빛 속에 은막의 장삼이
은빛 속에 달덩이 고깔이
神廳 앞에 비는 선율

봉당 앞에 七面草
달빛 얼굴로 바뀔 때마다
무녀의 발바닥에서 튕기는 神韻

풍년을 듬뿍 주소서
아기를 점지하소서

風神

첫새벽
내 어마이가
부엌, 장독대, 광에
정화수를 떠 올리는
풍년의 기원 앞에
이월 초하룻날 내려오는
영등할머니

딸 데리고 오는 날은
바람을 몰고 와 비단옷 나부껴
황홀케 하고

메누리 데려오는 날은
비바람 몰고 와 무명옷 젖어
눈물짓게 하네

비를 이고 오는 날은
우장 쓴 영등이 오는 날

바람 타고 오는 날은
옷 잘 입은 영등이 오는 날

風神祭가 끝나는

이월 보름날
올라가는 영등할머니

딸과 함께 돌아가는 날은
눈부신 길
며느리와 함께 돌아가는 날은
우울한 길

마을의 풍요와
집안 太平의 소원이
내 어마이의 손끝에서
황홀하게 타오르는
燒紙의 불꽃

雷神

항상 온유하고
우아한 칼을 찬
騎兵隊長

그렇게도 화려했던
칼집이
먹구름밭을 달릴 땐
천하가 땅에 기는
죄인이다

非倫 앞엔
불칼질
흥분의 도가니

지상의 죄인을 처형하는
공포로운 심판장

무수한 비늘이
빗물에 번득이면서

白巫神

둥 둥 덩더꿍

한 손엔 쇠방울소리
한 손엔 부챗바람

하얀 패랭이가 하늘에 떴다
어서 와서 착한 손길 내려주소

둥 둥 덩더꿍

한 발엔 버선발 뛰기
한 발엔 미투리 뛰기

눈부신 햇살 속
怨靈의 祭壇 앞에
하얀 수염 웃음밭이다
어서 와서 선한 마음 살펴 주소

둥 둥 덩더꿍

黑巫神

둥 둥 덩더꿍

한 손엔 큰칼
한 손엔 번갯칼

까망 벙거지가 하늘에 떴다
악한 손길 어서 싸게 물러가라

둥 둥 덩더꿍

한 발엔 맨발 뛰기
한 발엔 짚신 뛰기

구름 덮인 안개 속
怨魂의 祭壇 앞에
얼시구 야단굿났다
독한 마음 어서 싸게 나가거라

둥 둥 덩더꿍

몽달귀신

그리움 속으로 앓다
상사병에 쓰러진 총각머슴

때묻은 주검의 번데기 벗어나온
飛翔

길 무덤가에 목잡아
恨 접어 기다리던 원귀의
검은 나비

하르르 하르르 戀文으로 어르는
— 버선코에
하롱하롱 情話로 날앉는
— 옷고름 선율에

녹두밭 웃머리처럼
시름시름 앓는
내당 閨秀

단골 무당 설치는
냉랭한 잠밥에도
한껏 집안은 뱀이 기어오른 까치집

폭설이 몰아쳐도
폭염이 쏟아져도
길가에 서성대는
기다림

갑사댕기에 나불대고
남끝동 숫고사 저고리 반달깃에
엉기면

이울은 모란꽃으로
시들시들 마르는
내당 閨秀

물살치는 푸닥거리
― 횟세닭아 횟세닭아
미친 듯이 열꽃 피는데

슬픈 살구꽃잎이
붉게 쌓이는 마당
눈부신 태양은 솟아오르는데

*잠밥 : 전북 고창지방에서 성행되던 것. 단골이 대접에 白米를 담아 보자기에
싸서 환자의 머리에 문지르는 치유법. 백미는 끝난 후에 단골이 가져 감
횟세닭아 : 씻은 듯이 마귀야 물러가라는 단골무당 呪文의 후렴임

손각시귀신

칡 덤불진
반고갯재 서낭당에서
하일네 묘등이 맞보이는 날망
손 말명의 묘등

안진머리 장날 소금장수 도시락
꼬시래를 기다리다 채 먹은
솔방울이 댁대굴 댁대굴

나무꾼의 짚신 발목을 붙잡아
매달리고자
석양을 앓는
기인 긴 허기진 해거름 속

七天의 층계를 오르내리는
표류된 方位의 서성거림이여

봉강 쑥덤불 연기 속 추녀끝
날이 새는 여윈 호롱불빛 아래
덧문 창살에 귀 쫑그리면
손각시귀신 다듬질소리

"니탓이야 니탓이야

몽달귀신아!"

"니탓이야 니탓이야
손각시 된 것도!"

"니탓이야 니탓이야
날이 새는 다듬질소리!"

*봉강 : 고창군 상하면 송곡리에 있는 필자의 생가.

수렁귀신

I
논에 가면 논수렁

녹물 무늬 기름이 둥둥
항상 물비린 바람 일렁이고
이따금 부그르르 숨 조이는
물버큼 소리에 가슴이 두근대고

찔레꽃 미치게 피는
담으락 밑 물논
하일네가
발목이 붙잡힌 채 빠져 죽은 수렁에
비 섞인 뜸부기 울음소리

기계독 번진 머리빡처럼
도래도래 모가 떠 죽은 논수렁

나락잎에 부슬부슬 날 궂은 날은
어둠빛 그림자가 덮치는
비봉정 황장목 솔밭 옆에

원혼이 구시렁대며
고개 들고 일어서는

진모시 논수렁

어둠 타고 나왔다가
어둠 속에 들어가는 수렁귀신

     II
바다에 가면 바닷수렁

유난히 海草마저 자라지 못하는
후미진 바닷구석

게도 비틀비틀 달아나고
고깃배도 머얼리 도망가는
오싹한 검은 갯벌수렁

아슬한 수평선에 해 설핏하면
고기잡이 남편이 돌아오지 않는데
소복한 여인 울음소리마저
꿀컥꿀컥 삼키는 서러운 바닷수렁

시방도 황혼 속 동호 바닷수렁에서는
한 마리 고니가 울며
아스라이 날아가는

눈발 속 갈대바람
서럽게 서럽게 사운대고 있다

*비봉정 : 전북 고창군 상하면 송곡리 마을 속칭.

구렁창 차일귀신

송림산 그림자 마을 덮치면
늑대 울음소리
끈질기게 내리는 깊은 밤

이주 형네 집에서 돌아오는 이슬 길
차일 치며 일어서는
뱀집 같은 움푹진 구렁창에 빠져
머리카락 오싹 당기고
줄줄 흐르는 식은 땀

차일귀신 투망질에 쫓겨
발꿈치 채여 뒷덜미 잡힌 채
옷 찢겨 도망치던 길

검정 목세루 치마 속에 갇힌 듯
어둔 아카시아 숲속
여울목소리

보이지도 들리지도 않던
숨죽인 항아리 속에 갇힌 압박감
밤새껏 오줌만 지리던
말문 막힌 악몽의 제자리 걸음

차일귀신에 당한 후부터
나는 하일네 묘등길로
돌아다녔다

*구렁창 : 구렁텅이의 방언. 전북 고창군 상하면 송곡리 소재
송림산 : 전북 고창군 상하면 송곡리 소재

간짓대귀신

껑충껑충
하늘을 떠받고 뒤안길로 맴도는 건달
간짓대귀신

담 너머로
참나리꽃처럼 기웃거리는
꺾쇠

해가 비봉정 산을 넘고
어둠 속에 빠진
아카시아 우거진 구렁창
부슬비가 사비약거리는
서당골 백여시 울음소리 멎은
깊은 밤

도가니 속 파김치로
차일귀신에게 덮친 박막동

휘감겨 싸우는
간짓대와 차일

간짓대귀신이 치받아
차일귀신이 찢겼다

가뭄에 땅속 지하수가 보이듯
간이 타다 남은 흔적

차일 구멍으로 뜨인
머리칼이 희여진 새치만한
그믐달

온밤을 짓이긴
죽다가 살아난 박막동
생오줌 똥 철떡거린
바짓가랑이

껑충껑충
개천가 우거진 아카시아 숲속으로
사라지는 숨소리 발자국소리

양지동네 소문난 후
시름시름 앓던
하늘이 도는 깅개랍쌍

간짓대귀신에게 덮쳤을 땐
혼은 벌써 九天으로
떠버렸지
쟁반만하게

*양지동네 : 고창군 상하면 송곡리 마을 속칭

소망귀신

관솔불 애잣는
동굴 속 같은 지붕 밑
측간

사방에서 하얀 망또자락 귀신
단숨에 유언도 없이 낙엽지게 하는
억울한 처형장

大罪는 死刑

보름달빛에 사다리 기어오르는
돼지막 위에 나무틀
뒷간

돼지 코에 진주빛 떨어져도
천정에서 빨간 망또자락 귀신
슬픈 半病身의 처형장

中罪는 重刑

대낮 햇살만 가린 디딤돌에 앉아
장죽 물고 보는
똥간

살부로 떠밀어 매운재 속에 치는
黃金

小罪는 집행유예

뙤약볕 쏟아지는 울타리 안에
갓 쓰고 보는
소망

초롱초롱 머리 맞댄 항아리
형제간의 정감
낮엔 태양이 낼앉아 눈부시고
밤엔 滿月이 갈앉아 눈시리고
그믐겐 별밭으로 씨나락 까먹는 소리

고혈짜던 죄의식의 肥大症
신수가 필수록 더욱 공포롭기만

들어갈 때보다
나올 때가
더욱 오싹한 소망귀신

메기굿

꽃소주처럼 솟구치는
상쇠 박옥배의
자지러지는 꽹과리소리

온갖 액운을
지평선 너머로 쫓는
내 형의 징소리

복을 비는
장고소리에 실린 「꽃나비」의 어깨춤이
봄눈처럼 내리는
정월 초사흘 고샅길

외약골 깔쟁이 「기받이」의 길 따라
집집마다의 錢穀이 쌓여
마을을 기름지게 하는
숫지디숫진 걸립

부드러운 소고소리에
풀리는 날씨처럼
마을 인정은 자상하고
양지동네 푸른 보리밭에
액막이 연줄이 끊길 때 —

시방도
내 가슴 속엔
그 희끄무레한 九天의 북소리가
울리고 있다

     *꽃나비 : 舞童
     기받이 : 旗手

입춘굿

春榜이 나붙고
북쪽으로 몰려가는 찬바람

무당들의
신난 손대가 내려져 만드는
木牛

마을의 걸립으로 차려 놓은
제사가 끝난 州司의 아침

戶長의 禮服과 桂冠이
햇살에 눈부셔라

쟁기를 찬 木牛
무당들이 이끄는 밝은 행렬이
東軒에 닿고

꽹과리소리
징소리
송두리째 마당을 넓혀

흉년과 풍년을 점치는
농사짓기 굿마당

숱한 祈豊은
풍선처럼 어느새 봄하늘에 걸리고

殘雪 속 남쪽 가지엔
설장고 소리에 빨라지는 樹液

제비가 찾아드는 길목엔
굴거리나무가 눈을 뜨는데

마을은 온통 흥분 속으로
안고샅이 뒤집힌다

매화꽃 밑에
땅속 개구리도
지축 울리는 징소리에
귀를 닦고 있겠지

소놀이굿

발굽소리
박수소리
환호소리

馬夫가
소를 몰고 들어서는 봉당

옷과 장식품으로
신부처럼 고운 牛公

農神도, 産神도, 帝釋神도
무녀의 열두 거리 대화와 타령 속에
흥취는 북소리에 타오르고

가뭄에 빗소리로
낄낄대는 농신
젖꼭지의 어린애로
벙실대는 산신
바리때 같은 소똥이 나뒹글어도
희죽희죽거리는 제석신

무당의 대화로 넘치는 祈豊
잡곡으로 가득차 오는

풍만의 웃음바다 바다

무당과
봉당의 마부와 소는
비단 같은 和咎으로 인정을 짜고
마른 논에 봄물로 터지는
기맥힌 타령

흔들리는 들녘엔
漆扇 같은 봄하늘이
나부끼는데

마을을 휘청대는
박수소리

도당굿

북소리에 실려 춤추는 촛불

실성한 巫女의 격문이
禪雲山 봉우리 너머
七天의 층계를 올랐다가
송림동네 안골로
사르르 손대 내려
물살 짓는 복숭아나무 木牌

마을 아낙네의 모꼬진 都堂은
술 익은 흥분의 도가니

개도 못 짖는
신성한 성역 안에
降神入巫의 열두 거리 진통 끝에
단 하나로 뚫리는 신작로

평안과 행복이
마을에 넘치는
손빌이 내 어마이의 소망이
마을 어구 당산나무 꼭대기에 걸린
푸른 하늘로 흘러

청둥오리가 날아가는
장계동쪽 남쪽 하늘

南風에 실린
북소리

내 어마이
마음이 실린
푸른 하늘

별신굿

숫대 끝에 매달린
방울과 북을 사르르 울리는
삼월에 빚은 술 냄새 묻어나는
훈풍!

신바람 탄 단골 무당은
쑥설대던 안강과 풍년의
까치소리 같은 주술이 쏟아지는
마을의 영험

숱한 시름과 묵은 허물을 벗고
온마을 구름처럼 모여드는
人山人海

찌들은 고난을 밝혀
海溢 이루는
횃불 행진

官奴假面舞劇의 웃음바다
모란꽃 피는 아침이 열리면

아낙네는 그네뛰기
남정네는 씨름대회

밤내 쑥국새 피흘리는 울음 속에
쑥부쟁이 소망 새싹이 돋고

풍년의 굿소리 영글어지는
설레는 오월의 하늘

햇살 속 天神은
마구 웃어쌓다

씻김굿

돼지머리, 백설기, 탁주
쓰러지게 상차려 놓고
쑥수그르르한 눈빛마다
씻김치는 한마당

둥! 둥!
억울함과 분함을
어서어서 풀어야지

서러운 怨靈이
허공을 울어예는
풀리지 않는 원한

둥! 둥!
지붕 너머 앞산도
강물 위에 떴다

들로 산으로
떠도는 손각시귀신
이제 그만 몽달귀신 손잡고
九天으로 돌아가요

둥! 둥!

앞산 너머 하늘도
바다 위에 떴다

억울한 怨靈이
심장을 끄어내여 북을 쳐도
풀리지 않는 응어리

둥! 둥!
이 집 저 집 너와 나
물살져 흘러라

깊고 깊은 중천에
떠도는 몽달귀신
이제 그만 손각시귀신 손잡고
西天西城國으로 돌아가요

둥! 둥!
쟁반만한 불덩어리가
허공에 떴다

망초꽃이 우거진
비봉정 솔밭 사이 떠가는
길은
훨 훨 신작로라네

서낭굿

황토 속살로 정하게 깔은
禁索을 둘러친 서낭당

서낭나무 꼭대기에
하늘에서 내린
눈부신 금동앗줄 햇살

환웅이여 환웅이여
서낭나무로 사뿐히 내리소서

서낭굿날 밤
姦夫와의 사랑 나눈 여인
벼락 맞아
나뭇가지마다 저고리와 치마가
色이 짙게 찢겨 걸렸다

미치광이 풀잎서리엔 속옷과 버선이
하얗게 널렸다

야단굿났네
황토에 나둥그러진
여인의 우윳빛 알몸

어서 쐐기풀로 씻은 듯이 물리치고
노여움 거두어
마을마다
부귀와 평안을 주소서

이제 부끄러움도
무너지는 판
노여움도
스러지는 한 마당
젊은이도 노인도
덩더꿍 덩더꿍

황토 위에
불붙은 발바닥

환웅이여 환웅이여
노여움을 푸소서

안택굿

차일 밑에 병풍 에두른 제청
마을의 밭갈이 논갈이의 기원이
굼닐거리고

밤이 뒤집히도록 간덩이 울리는
북소리

저마다 앞이 터지는
쑥수그르르한 이마에 환한 신수

제상 앞에
장님 무당의 사비약대는 새소리

한 해의 무사태평이
천리 밖 지하에서 솟아오르는
영험

굴뚝새가 동구 밖으로
폴폴 근심을 물어 날으고
햇살에 은방울꽃이 웃어쌓는
영롱한 새아침

저마다의 속셈이

강물로 출렁대고

내 누님이나 동생의 볼은
햇볕에 석류빛으로 타는데

고샅마다 쑥설대는
백차일친 마을 앞
대낮이 실성댄다

조상굿

날을 듯한 神廳
나란히 四代祖 神位가 지엄하게
내려보는 마당

삼현육각에
정제한 의관이
날앉는 잠자리로
나래를 접는 자손들의 지순한
눈매

그윽히 올리는
고두재밴
선율의 바다에 핀
효심의 등불

조상들의 쌓인 원혼을 달래는
「고풀이」로 밤은 끝이 없다

十二祭次마다
밤이슬로 닦이질의 샛별처럼
님 가시는 「길닦음」으로
비치일 동이 터 오고

납처럼 어둡고 무거웠던
후손들의 참회의 마음이
머언 하늘로 열리는 마당

굽이굽이
열두거리굿 아침 햇살에
神廳의 새날은 밝아온다

牟陽山城

I
노령의 햇살이 눈부신 벌판에
보리알이 運氣의 눈을 트고

임방울 판소리 신들린 종달새
단오절의 임내강 물빛 하늘 끝에
솟아오르면

한껏 들뜬 고창 큰애기들이
지조로운 돌을 머리에 이고

족두리풀을 스치며
바람처럼 멋진 귀머리 날리는
선운사 동백기름 냄새로
산성에 오르는 개미떼 개미떼

소원성취 무거운 개미 허리도
불로장생 가벼운 개미 머리도
미래의 꿈으로 열리는 산신의 영험

II
앞산도 첩첩 녹두새야
뒷산도 첩첩 파랑새야

녹두새의 혼 따라 날은
고창 將領 吳河泳의 녹두새떼

파랑새의 혼 따라 날은
만경 頭領 陳禹範의 파랑새떼

모양산성에 白衣東學軍
앉으면 竹山이요
일어서면 白山이었던가

새야 슬픈 새야
지금은 어느 하늘에 날으고 있는가

*임내강 : 고창군 아산면에 있는 강 이름

사두봉의 밤

동해의 어두움이
노령산맥 자락자락에
명주 이불처럼 덮인 정막

方丈山 아래
서리서리 안긴 蛇頭의 요람

바닷 속 같은 고요한 달빛
내일의 出港에 걷어 올릴 닻을
내리고
몸을 푸는 鎭茂樓

간간이
나부끼는 합죽선의 들기름 냄새에
과객들의 시조가락이 실려
정막을 흔들기도

귓속말 소곤대던
초립동이 얘기도

인정이 후하던 목냉기 파시를 노린
장꾼들도

썰물처럼 빠져 나간 저잣거리
신화의 비늘이 번득이고

내 외갓집 벙어리 김천수 형네
대문 앞을 지나는
숫대거리 너머 南山 활터에
달빛이 부서지는 과녁 밑엔
벌레소리도
희뿌연 은빛으로
떴다 잠겼다

城 안에 四書三經을 읽는
낭랑한 소리
미래의 예언을 밝히는 등불

신촌 선생의 門下에
이주형이랑 함께
밤하늘에 큰 별을
버릇처럼 찾아나섰다

이따금
빵까실쪽 팽나무에선
부엉이가 풍년을 기약하고

사창재 당산나무에선
봄갈이를 재촉하는 올빼미도 울었다

시거리 내 소학교 동창 김요성네
모시밭 뚝길에 며느리밑씻개꽃이
짙은 밤이슬 속에
은연중 몸짓이 꼬이는 새벽

사두봉에 무성한 느티나무
눈부신 햇살에 싸여
하늘에 오르는 꿈을 꾸었었지

중거리 陳宇坤 증조부댁 옆에
연못의 연꽃 입술이
겹겹이 싸인 역사의 비밀 속에
영원을 입 맞추는
신비로운 蛇頭峰의 깊은 밤이여

*方丈山 : 전북 고창군 고창읍에 소재하는 산 이름
*목냉기 : 전남 영광군 법성포 앞바다에 있는 섬 이름
*빵까실 : 고창군 무장면에 있는 마을 속칭
*사창재 : 고창군 무장면 성내리에 있는 고개 이름
*시거리 : 고창군 무장면 무장리에 있는 동네 이름
*중거리 : 상동

진을주陳乙洲와 무속신화의 의미

元 亨 甲
(문학평론가)

서사敍事의 시적詩的 현장現場

《사두봉신화》는 그야말로 귀신 이야기를 소재로 한 시편의 모음이다.

무장의 영산인 사두봉蛇頭峰을 중심으로 예부터 전해 내려오면서 민간속에 살아 있는 61개의 귀신 이야기를 수집하여, 살아 있는 그대로 그 하나하나를 시로써 형상화하여 현전시킨 시집이다. 그런 점에서 어디까지가 소재로서의 귀신이야기이고 어디까지가 작품으로서의 시인지 알 수가 없게 상즉적相卽的으로 융화되어 있어 기묘한 울림을 주고 있다. 그러기 때문에 사두봉신화를 놓고 '서사시'라고 하기도 어렵고 단순히 '장시'라고 하기도 거북하다.

일정한 역사적인 줄거리에 따라서 엮어진 것은 아니지만, 분명히 한 지방을 중심으로 펼쳐진 이야기임에 틀림없으며, 오히려 그런 점에 있어서는 사두봉신화처럼 살아 있는 역사성도 드물 것이다. 또한 61개의 시편들 모두가 제각기 다른 귀신 이야기이면서도 이 귀신 이야기를 형성하고 있는 모든 낱말들이 그 말의 형태와 의미는 물론 어미와 접미사까지도 마치 물고기의 지느러미와 꼬리처럼 또는 눈빛과 머리처럼 살아 움직이면서 그 때마다 방향을 암시하여 뜻을 만들어내고 유혹하는 듯하여 단순히 지나가 버린 옛 이야기가 아니라, 지금도 우리의 현실 세계에 내재적으로 살아 있는 것 같은 착각을 일어내고 있어 꼭이 명제로 표시할 수 없으나 한줄기의 세찬 주제성을 품고 있는 것만은 틀림없다 하겠다. 오히려 성급한 명명命名이 차라리 두려운 이 사두봉신화의 주제성이야말로 이 시집의 격이며 자유로운 텍스트로서의 보람이 아닐까 생각되기도 한다.

우리 문단에서 시인 진을주라고 하면, 누구나 60년대 말엽의 이른바 〈陳乙洲新作一人集〉을 생각하게 될 것이다. 제1권 〈M.1 照準〉을 비롯하여 〈도약跳躍〉, 〈숲〉, 〈학鶴〉 등, 4권의 시집이 줄지어 출간되어 우리 문단으로서는 일종의 사건과도 같은 '진을주 바람'을 일으켰었다.

그 〈陳乙洲新作一人集〉보다도 어떤 면에서 이 《사두봉신화》는 훨씬 이채롭고 의욕적인 구상이 아닐까 생각된다. 물론 어떠한 반응을 얻을지, 그러한 독자의 반응 같은 것은 아예 처음부터 아랑곳도 없는 구상이고, 또한 그런 점에서 아무도 추종할 수 없고 흉내 낼 수 없는 괴짜스러운 구상이기도 하지만, 그러나 무엇보다도 티 한 점 없이 지순하고 골똘하게 고향의 마음을 찾아내겠다는 그 곧은 한 뜻만으로도 이 사두봉신화는 우리 문화계의 상도하기 어려운 진사珍事이자 기서奇書가 아닐 수 없다.

이러한 시인 진을주에 대해서는 일찍이 우리 시단의 대선배인 신석정辛夕汀 선생도 그가 사권 후배 중에서 을주乙洲처럼 '호말豪末의 속취俗臭'도 풍기지 않는 순수한 시인이라고 칭찬한 바 있다. 아마 오늘의 사두봉신화 같은 것을 이미 20여 년 전의 선배 시인이 예지하고 있었던 셈이다.

시인 자신의 서문에도 언급되고 있듯이 사두봉신화는 그야말로 골똘한 고향 생각의 산물이다. 아마 자료면에서도 어떤 인류문화학자가 이렇게 수집할 수 있을까 하고 그 섬세한 지적知的 관심에 놀라지 않을 수 없다. 그러나 사두봉신화에서 우리가 놓쳐서 아니 될 일은, 그러한 자료면에 있어서의 귀신 이야기가 아니라, 떠돌아다니고 있는 전설적인 귀신 이야기가 곧 신화이자 시로 형성될 수 있다는 그 환생換生의 기묘한 논리이다.

서양 사람들 같으면 신화(myth)가 곧 귀신의 이야기이자 말(言語)에 다름 아니라고 하겠지만, 그 이야기(話)와 말(言語)의 동일성을 이 시인은 시라고 하는 언어의 첨예한 현장에 있어서 현전現前시키고 있는 것이다. 그리고 이것이 곧 언어의 시적 표현성에 다름 아니란 것은 말할 것도 없다.

서사적敍事的 내용內容이 비판이라는 지적知的 분화分化를 넘어 시적詩的 성격을 띠고 나타나는 것이다. 사두봉신화의 첫 번째 사시辭詩인 〈사두봉의 아침〉을 음미해 보면 그것을 잘 알 수 있다.

　햇살 편 소용돌이 속
　불구름 타고 비바람 몰아
　사비약 내린 사두蛇頭

그야말로 여기에서는 어떠한 지적知的 부정否定도 허용되지 않는다. 시인 자신은 오직 전설의 승계자承繼者라는 특전을 가지고 일종의 빙의상태憑依狀態에서 그에게 내린 전설 내용을 서사적으로 엮어낼 따름인 것이다. 말하자면 이 3행 밖에 안 되는 사설辭說을 통해서도 우리는 사두봉을 중심으로 살아오고 있는 주민의 전통적인 사두봉 신앙이 얼마나 우주적으로 장엄 숭고한 것인가를 실감하지 않을 수 없는데, 그 같은 장엄감, 숭고감, 신성감은 말과 의미와 사물 존재와의 미분화적未分化的인 일체화一體化의 표현에서만 가능하다는 것을 실감하고 남게 하고 있는 것이다.

사실 '불구름 타고 비바람 몰아' 의 한 행만을 보더라도 여기에서 우리는 단순히 장엄, 숭고, 신성감만이 아니라, 미지未知의 헤아릴 길이 없는 거대한 그리고 운명적인 변용능력變容能力 같은 절대한 가능성可能性을 느끼지 않을 수가 없다. 그리고 그것이 '사비약 내린 사두蛇頭'로 맺어짐으로써 마침내 이 3행의 첫 시적詩的 언어言語가 앞으로 벌어지고 엮어질 사두봉신화의 아기자기한 가능성을 예고해 주고 있는 것이다.

그러나 '사비약 내린 사두蛇頭' 는 얼마나 섬세한 마음씨를 머금은 표현인가. 앞줄의 동적이고 공포 어린 운명의 예고성과는 너무도 대조적이면서 마치 우주적인 분노를 쓰다듬고 가라앉히는 부드러움을 한껏 포용하고 있는 표현인 것이다.

신화神話 또는 인간의 자기 소화력消化力

사두봉신화의 편편을 읽고 있으면, 그 모든 시어詩語들이 역사의 현장에 살아 움직이며 대응하고 있다는 것을 알 수 있다. 우선 모든 술어들의 시제가 처음부터 끝까지 현재 진행형이다.

작자 진을주는 역사적인 과거를 기억이나 자료 속에서 들추어내고 있는 것이 아니라, 지금 눈앞에 벌어지고 있는 현실적인 체험으로써 적어나가고 있는 것이다. 물론 작자의 이러한 표현 태도는 어디까지나 전설적인 내용을 역사적인 사실로써 인식하려는 성실성에서 비롯된다고 할 수 있다.

그러나 한편 이러한 작자의 신화적인 현장 의식에는 좀 더 강렬한 작자의 또 다른 내재적 요구가 숨어 있다는 것도 우리가 지나쳐서는 아니 될 중요한 점이 아닐까 생각된다.

말할 것도 없이 모든 신화의 계기는 천재지변이나 전쟁 등, 역사적인 사건이라고 할 수 있는데, 그러한 역사적인 사건들을 한 공동체 사회가 어떻게 받아들이며 대응해 나가느냐 하는 것이 곧 신화라고 할 때, 그 수용受容 능력 내지 대응對應 능력이야말로 신화능력에 다름 아닌 것이다.

그러기 때문에 사두봉신화의 모든 시편들이 하나같이 활성적活性的인 현재 진행법으로 전개되고 있다는 것은 곧 사두봉 사람들의 역사적인 사건들에 대한 소화消化 능력 내지 대결對決 능력을 거의 주제적이라고 해도 과언이 아닐 만큼 암시해 주고 있다고 할 수 있는 것이다.

바꾸어 말해서 사두봉신화에 있어서의 그 현재 진행적인 전개 성격이 스스로 함축하며 갖고자 하는 주제적 의미는 단순한 전설적 내용의 리얼리티에 있는 것이 아니라 그때와 같이 앞으로도 살아 있고, 살아 있어야 하는 민족의 역사적 소화력과 대응능력을 풍기고자 함인 것이다.

그리고 무엇보다도 사두봉신화의 모든 역사적 사건들은 기실 이미 잊어

버려도 좋고, 또한 민족적인 기억에도 흔적으로 밖에 남아 있지 않은 가뭇한 것들이지만, 그러나 실상 그것들은 어디까지나 상징적인 것에 다름 아니며, 따라서 언제든지 새로운 형태를 띠고 다시 나타날 수 있다는 것을 생각하지 않으면 아니 된다.

토인비의 직관력이 아니라도 역사는 늘 새로운 도전에 대한 응전에 불과하기 때문이다. 도전해 오는 역사적 현실에 대한 대응능력이야말로 모든 집단 사회의 존재 이유인 것이며, 필연적인 당위성에 다름 아닌 것이며, 사두봉신화가 골똘히 추구하고 있는 것도 그러한 민족 문화적인 저력이라는 것은 말할 것도 없다.

역사는 흐른다고 하지만 필연적이든 우연적이든 사건의 점철에 다름 아닌 것이며, 또한 어떤 의미에서 그 역사적 사건이란 늘 새로운 것이 아니라, 형태의 변화에 불과한 것이라고 할 수 있는 것이다. 그런 의미에서 그 모든 도전에 대한 대응의 저력이야말로 사두봉신화가 시종일관 암시하고 싶은 내재적 주제라고 할 것이다

본래 동서 또는 남북(문화)의 모든 신화는 주어진 역사적 현실을 어떻게 받아들이며 어떻게 대응했느냐에 그 이야기의 핵심을 두고 있기 마련이다. 그래서 20세기 최고의 신화 연구가로 알려진 인류학의 레뷔-스트로우스는 신화의 기본 구조를 브리꼬라즈(Bricolage)로 생각했었다. 그의 성공적인 저서이기도 한《야생野生의 사고思考》(62)에서 피력한 구조주의의 기본 용어이기도 한데 브리꼬라즈란, 미리 가지고 있는 소박한 도구만으로써 모든 물건을 만들어내고 고치기도 하는 수공업적인 손재주 일을 가리키는 말이다. 그러한 브리꼬라즈와 같이 신화도 비문명적인 '야생의 사고'에 있어서의 그 소박한 언어생활을 통해서 당면한 역사적 현실을 해석하고 수용하며 대응하는 인식 능력의 표현이라는 것이다. 말하자면 갖고 있는 것만으로 현실을 소화하려는 '닫혀진 사고'의 산물에 불과하다는 뜻이다.

이와 같은 레뷔-스트로우스의 '브리꼬라즈'에 진을주의 '사두봉신화'

를 비교해 볼 때, 어떤 의미에서 우리는 신화 일반의 기본구조로서 제시된 그 레뷔—스트로우스의 '브리꼬라즈' 란 것을 수정해 보고 싶은 생각도 하게 된다. 왜냐하면 사두봉신화의 경우는 갖고 있는 것만으로 역사적인 사건을 소화하고 대응해 나가는 '닫혀진 사고' 로서의 역사의식이 아니라 그 소화력 대응력에 있어서 '닫혀진 사고' 로부터 탈출하려는 또는 넘어서려는, 그러니까 '열려진 사고' 를 창출하고 있는 것 같기 때문이다.

물론 사두봉신화 속에 벌어지고 있는 우리 민족의 모든 샤머니즘적인 귀신 이야기를 통해서 우리는 우리 민족이 얼마나 끈질긴 인내력을 가지고 그 가혹한 역사적인 현실을 참고 이겨 나왔느냐 하는 것을 실감할 수 있는 것이고, 그러한 인내력이나 삶의 의지란 점에서는 '브리꼬라즈' 적인 '닫혀진 사고' 를 느끼게 되지만, 그러나 사두봉신화의 어떤 귀신 이야기도 수동적이고 소극적인 현실 수용으로 끝나버리지 않고 있으며, 반드시 그 때마다 현실 극복의 의지를 강렬하게 보태주고 있는 점을 간과할 수가 없다. 전체적으로 사두봉신화는 '브리꼬라즈' 의 평면적인 의식 영역에 머물고 있지 않고 오히려 늘 그 때마다 스스로의 역사적 현실을 뛰어넘으려고 하는 것이다.

무엇보다도 사두봉신화가 다른 모든 신화의 경우처럼 어떠한 관념적인 명제命題 중심으로 전개되고 있지 않은 점이 주목할 만한 일인지 모른다. 대개의 신화나 신화적인 서사시는 으레 어떠한 명제를 제시하려고 하고, 스스로 명제적이려고 하는 경향을 띠기 마련인데, 사두봉신화에서는 전혀 그러한 명제화命題化 내지 관념화觀念化의 냄새를 맡을 수가 없는 것이다.

대체로 신화나 서사시가 명제적인 성격으로 기울어질수록 그 사고의 관념화는 거의 불가피한 것 같다. 사고가 다른 말(言語 = 思考)을 생각해내는 창의력을 갖지 못하고 스스로의 사고의 울타리 속에 갇혀 버리기 때문이다. '브리꼬라즈' 로서의 언어 습성에 길들여진 나머지 그 영역내領域內의 의식 활동으로 만족해 버리는 것이다. 어쨌든 사두봉신화가 다른 민족 신화와 달리 우리의 전통적인 귀신 이야기를 될 수 있는 대로 리얼하게 담고 있으면서도 끝내 명제화를 기피하고 있는 점은 새로운 가치의 눈으로 볼 만한 일이 아닐 수 없다.

대체로 서사시를 의식하는 시인일수록 스스로의 시적 언어로 하여금 명제화命題化를 지향하게 하는 것은 오히려 당연시하고, 높은 가치적 차원으로 여기기 쉬운데 이 시인은 거의 의식적이라고 할 만큼 마지막까지 그러한 명제화를 기피하거나 유보하고 있는 것이다. 어쩌면 그것은 언어보다도 삶의 생명 현상이 더 다급하게 위협적이고 중요한 문제로 강박해 오기 때문이라고 할지 모르지만, 또 한 편으로는 명제화라는 언어(사고)의 당돌한 자기 완성이나 고정화에 대한 두려움이라고 할 수도 있다. 삶의 의지를 그러한 언어의 틀 안에 가두어 닫아버리는 데 대한 불안에서 비롯된 것이라고 볼 수도 있는 것이다.

사두봉신화의 61개 귀신 이야기들이 한결같이 명제적인 논리성을 일탈하는 데 있어서 형성되고 있다는 사실은 또한 바로 그 점에 있어서 한국적 신화의 전형적인 성격이라고 생각할 수도 있을 것 같다. 가령 이규보李奎報의 《동명왕편東明王篇》이나 일연一然의 《삼국유사》가 전하고 있는 '단군' 이야기에서도 역시 우리는 명제적인 논리성을 거의 찾아보기 어렵다. 물론 요새 새로운 상고사上古史 정립론定立論이 활발하게 대두되면서 '단군'을 실재적으로 역사화 하고는 있지만, 적어도 신화론으로서의 '단군' 이야기는 철저하게 비명제적인 은유의 차원이라고 할 수 있는 것이다.

이규보나 일연의 '단군' 신화는 결국 민족적인 시원신화始原神話라고도 할 수 있는데, 이것을 유대민족의 '카바라' 를 비롯해서 인도나 희랍 또는 일본 등의 건국신화 내지는 시원신화에 비교해 보면 그 차이가 얼마나 본질적인 사고방식의 문제에 관계되는 것인가를 알 수 있다. 사두봉신화가 전형적으로 말해 주고 있는 것처럼 우리의 신화는 어디까지나 시적이고 비명제적인 사고 형식에 있어서 역사적 현실에 대응하고 있다는 것을 알 수 있는 것이다. 그리고 이러한 비명제적 사고를 언어의 발전 단계라는 가

정설假定說에 비추어 생각할 필요는 없다. 왜냐하면 은유隱喩에서 환유換喩로 발전한다는 상식화 된 가정은 그 자체가 너무도 기계적인 이성 중심의 논리일 뿐만 아니라 역사적인 모든 도전에 대한 대응이라는 문화적 슬기나 의지를 그러한 가정으로서는 풀어내기가 어렵기 때문이다.

야콥슨을 비롯한 구조언어학의 생각이 아니더라도 이미 은유는 은유대로 환유의 기능과는 다른 역할을 하고 있다는 것이 부정할 수 없는 사실이며, 그 상상력에 있어서의 상사적相似的 기능이야말로 어떠한 의미 환원적인 기능보다도 중요한 정신활동이라고 할 것이다. 단적으로 60년대 이래의 모든 인문사회과학의 분화에서 두루 빌려 쓰고 있는 문학적 언어의 기술방법도 그러한 예의 일면이다.

인류문화가 은유적인 언어 단계에서 환유적인 언어 단계로 넘어가리라고 본 과학주의는 기실 피상적인 이성중심주의理性中心主義에 불과한 것이다. 이렇게 볼 때 사두봉신화의 귀신 이야기들이 우리의 모든 전통적인 민족신화와 더불어 명제적 사고방식을 에돌고 있는 것은 그 원시 형태를 탈피하지 못했기 때문이 아니라, 오히려 환유적 언어 세계가 가지고 있는 의미 환원적인 협애성이나 의미고착성 내지는 가유성可謬性에 대한 현실적인 두려움 때문이라고 하겠다. 실로 그러한 민족적인 언어생활의 슬기를 사두봉신화의 귀신 이야기들이 잘 보여주고 있는 것이다.

무엇보다도 사두봉신화가 끝까지 은유적이고 시적 언어이려고 하고, 명제화를 기피하며 상회하려는 것은 모든 시적 언어의 본질이 그러하듯이 의미 환산적인 기호표현記號表現(signifiant)과 기호내용記號內容(signifié)의 직결주의直結主義 내지 직결주의直決主義로서는 존재하는 그대로의 인간적 현실을 구체적으로 담을 수도 없고, 반영·창출할 수가 없기 때문이다. 말하자면 현실의 다의적多義的인 가능성을 외면하거나 놓치기 마련이고 소화해낼 수가 없을 뿐 아니라, 스스로의 창조적인 대응력을 고착 위축시키는 나머지 그 자유로운 발산의 능력을 잃어버리는 것이다.

창조적 자기 해방

사두봉신화는 우리 민족의 전래적인 귀신을 시적 언어로 재구성한 것이지만 왜 우리 문단의 중견 시인인 진을주가 이러한 작업을 하게 됐는가 하는 것은 한 번쯤 누구나가 묻지 않을 수 없는 문제일 것 같다.

무엇보다도 산업화 사회를 치닫고 있는 오늘과 같은 시대적 현실에서 왜 하필이면 '귀신 이야기'냐 하는 반문을 하지 않을 수 없는 것이다. 물론 신화에 대한 관심은 60년대의 주종이었다고 해도 과언이 아닐 만큼 깊었던 것이 사실이지만 흔히 포스트구조주의니, 포스트모더니즘 등의 초현대적인 사고가 촉구되고 있는 오늘의 사상적 현황에서 토속적인 우리의 귀신 이야기가 등장한다는 것은 아무래도 납득하기 어려운 일이라고 할 것이다.

그러나 시인의 언어 세계란 언제나 자유분방하고 걷잡을 수 없는 데에 그 특성이 있다. 특히 사상의 시대적인 흐름이라든가 유행성에서 시적 언어 세계의 발상점이나 지향성을 따지는 것은 그 자체가 시적 언어활동의 생명(자유)을 위협하는 것과도 같은 것이어서 오히려 위험한 일이라고 하겠다.

시인의 언어활동이란 어디까지나 사물 세계에 대한 그 독자적인 해석에 있는 것이며, 그럼으로써 다른 관점들이 외면하고 지나쳐 버리거나 제외해 버린 것을 다시 주워올리고 환기시킴으로써 현실의 새로운 해석이나 새로운 인간적인 가능성을 추구하며, 때로는 가치관의 갱신까지도 기도企圖할 수 있는 것이다. 물론 그러한 시적 언어의 텍스트적인 의의는 언제나 비평적 독자의 해석에 의해서 이뤄지는 것이지만, 그러나 모든 문학 텍스트는 그 텍스트에 의해서 시인의 사물에 대한 생각을 새롭게 만들어내는 것이며, 또한 그 사물에 대한 새로운 인식에 의해서 그 자신의 인간적인 실존을 새롭게 열어나간다는 것을 우리가 늘 그 때마다 확인하지 않으면 아니 될 일이다.

그러기 때문에 시인에 있어서 사물 세계는 언제나 새로운 미지수일 수

밖에 없다는 것은 말할 것도 없다. 또한 그런 의미에서 시인 진을주에게 그의 고향의 사두봉을 중심으로 묻혀 있고 젖어 있는 귀신 이야기들은 그것이 현대적인 생활인식으로 하여금 버림받고 있으면 있을수록 더 음미하고 싶고 캐어보고 싶은 유혹이 아닐 수 없었을 것이다.

일반적으로 신화나 귀신 이야기는 인간의 불안에서 만들어지는 언어세계라고 할 수 있다. 물론 불안은 한 개인의 정신적인 갈등에서 빚어지기도 하고, 가정이나 공동체에 있어서의 현실적인 상황에서 비롯되기도 한다. 그러나 그것이 심각하면 할수록 한 인간의 존재를 뒤흔들고 위협한다는 사실이다.

프로이트나 하이데거가 그렇게 추구한 것처럼 인간에 있어서의 불안은 존재론적으로 보다 근원적인 것이어서 짐처럼 타인에게 떠넘길 수 있는 것이 아닌 것이며, 오직 개개인의 존재를 걸고 자기 자신이 체험할 수밖에 없는 차원인 것이다. 그런 점에서 불안은 의식의 뿌리 깊은 문제가 아닐까 생각된다.

현상학에서는 의식의 본질을 지향성으로 보고 있지만, 만일 의식이 그 자신의 눈에 보이지 않는 체중을 갖고 있는 것이 아니고, 그때 그때의 지향성에 의해서 현실에 대응하고 처리할 수 있는 능력으로 끝나고 만다면, 그처럼 불안이 인간의 존재 문제로 떠오를 것도 없을 것이다. 분명히 불안은 현실 의식의 관계로서만 나타나는 것이 아니라, 자아自我의 내면 문제로써 비롯되고 있다고 할 것이다.

그것은 우리가 외계의 위협 앞에서 갖게 되는 공포감만으로도 충분히 짐작하고 남는다. 의식이 지각하기에 앞서 얼굴이 노란해진다든가 소름 끼치는 육체적인 현상만 보더라도 불안은 의식 이전의 인간 문제임을 알 수 있는 것이다. 하물며 불안은 인간의 현실 문제에서일 뿐만 아니라 현실에는 하등 관계없이 그 스스로의 내면에서 바람처럼 일며 불쑥이거나 시나브로이거나 그 자신의 존재를 엄습한다는 사실이다.

존재를 의식한다는 것부터가, 말하자면 인간의 근원적인 사유 자체가 고독하고 불안한 느낌으로 밖에 달리 체험되는 것이 아니라고 생각할 때, 누구나 인간은 불안을 피할 수가 없고, 오히려 인간적인 모든 정신 활동은 그것이 순수하면 할수록, 그러니까 사물과의 직접 관계가 아니면 아닐수록 인간 본래의 본질적인 불안에 연유하고 있다는 것을 부정할 수가 없을 것 같다.

신화까지도 포함해서 모든 시적 언어는 사물의 의미 가치를 처리하기 위하여 만들어지는 언어 세계가 아니다. 어떠한 시적 언어도 고정된 메시지나 의미 내용이기를 바라지 않는 것은 그 때문이다. 그래서 인류문화상 최초의 시집을 꾸며낸 공자도 시에 대해서만은 그의 도덕 철학을 적용할 수가 없었다. 한결같이 모든 시적 언어는 의미로부터의 자유를 원해 오고 있는 것이다. 오히려 시적 언어를 사회적인 실용주의 방향으로 끌고 가고자 한 많은 노력이 결국 실없게 끝날 수밖에 없다는 것도 이미 아리스토텔레스 이래의 사학이나 문예 이론에서 확인해 준 것이라고 할 수 있다.

그러면서도 시적 언어가 인류 역사상의 모든 실용어와 더불어 존재해 오고 있고 요청되고 있는 것은 무엇 때문일까. 적어도 그것이 인간의 존재 의식 또는 의식 이전의 잠재적인 불안 의식과 긴밀하게 관계된다는 것은 부인할 수 없는 사실인 것 같다.

그리고 그러한 물음, 그러한 어렴풋한 시적 언어의 존재 이유야말로 진을주의 이 비시대적인 사두봉신화를 이해하는 데 있어서 결정적인 도움이 되리란 것은 말할 것도 없다. 무엇보다도 사두봉신화를 면밀하게 음미해 본 독자라면 누구나 왜 이 낱낱의 귀신 이야기들이 결국 진을주 한 인간의 개인적인 실존 문제이기도 한 가계적家系的인 정서 상태로 결말을 장식하고 있는가에 대해서 의심하지 않을 수 없을 것이다.

사두봉을 둘러싼 모든 귀신 이야기들이 진을주 한 개인의 실존 문제를 향하여 내려오면서 끝을 맺고 있는 것이다. 그리고 분명히 그것은 신화에 있어서나 시적 언어에 있어서나 간에 그 전통적인 구성법과는 너무도 거리가 멀다.

시인 진을주는 그가 알고 있는 전통적인 어법語法까지도 무시하면서까지 신화와 인간 존재에 있어서의 그 불안 문제에 돌아가지 않을 수 없었던 것이다. 그것은 거의 의도적인 것일 수가 없다. 오히려 시의 신화적神話的 동일성同一性을 이 시인은 실현하고 있다고 생각해야 옳을 것이다. 〈왼눈〉, 〈오른눈〉 등 동내의 '샘' 귀신에서 시작된 사두봉신화로 〈풍신風神〉, 〈제석신帝釋神〉, 〈몽달귀신〉에 이르기까지 한국의 전통적인 무속 신화를 총동원하고 있다. 물론 이러한 거의 모든 무속신화들의 본질이 원망願望에 있다는 것은 말할 것도 없다.

집단의 공동체적인 것이든 가정적인 것이든, 그 모두가 한 인간으로서의 실존적인 '비는 마음'으로 비롯하고 있는 것이다. 그리고 모든 '원망願望'은 그것이 지나간 과거사 때문이든, 현재의 재앙 때문이든, 또는 앞으로 닥쳐올지도 모를 일 때문이든 한결같이 마음의 불안한 상태에서 연유한다. 또한 그 불안은 단순히 그때 그때의 산물이 아니라 오히려 그때 그때의 사건적 현실보다도 훨씬 먼 과거부터의 역사성을 띠고 있다.

말하자면 역사의 퇴적물堆積物이자 흔적이며 그늘과도 같은 것이라고 해도 좋을 것이며, 지각知覺이나 이성理性에는 아랑곳없이 그것은 어느 결에 삶의 눈을 어둡게 물들이고 균열시키는 마음의 지배력이 되고 있는 것이다. 그리하여 한국의 전통적인 무속신화는 한결같이 그러한 마음을 어둡게 하고 금이 가게 하여 지배하고 있는 불안과의 대응관계라고 할 수 있다.

결국 무속신화 자체가 스스로의 불안으로부터 그 자신을 지키려고 하는 실존적인 자기방어自己防禦의 의식儀式이라고 할 수 있는 것이다. 그리고 그러한 실존적인 자기 방어의 의식이란 점에서 시인 진을주가 한국적인 무속신화와 시적 언어의 동일성을 발견하고 실현하려고 한 것이 곧 사두봉신화에 다름 아니란 것은 말할 것도 없다.

물론 현대인에 있어서 시적 언어의 근거는 적어도 철학상으로는 아직도 미지수에 그치고 있다고 하겠지만, 그러나 모든 환유적 언어 세계와 더불어 시적 언어(은유)가 엄연히 인간 정신의 이대지향성二大志向性의 한 근간이며 높은 비중의 구실을 하고 있다고 할 때, 이 시인이 한국의 전통적인 무속신화를 그 시적 언어에 있어서의 실존적인 자기 동일성으로 귀일시키고자 한 것은 너무도 당연하고 자연스러운 일이라고 할 것이다.

그는 누구보다도 한국의 무속신화가 인간적인 에크스타시를 지향하며 근거로 하고 있다는 것을 알고 있고, 바로 그 에크스타시에 있어서 그는 사두봉신화가 시적 가능성임을 찾고 있는 것이다. 말하자면 시적 언어와 무속신화는 다 같이 인간적인 불안에 대한 자기방어라는 무의식적인 또는 전의식적前意識的인 원망願望에서 비롯되는 것인데, 그 실제적인 현상은 불안으로부터의 자기 해방에 다름 아닌 것이며, 이 자기 해방이야말로 에크스타시의 본래의 뜻인 것이다.

그러나 모든 시적 언어가 그러하듯이 무속신화에 있어서도 그 자기 해방이라는 에크스타시 내지 카타르시스 또는 실존적인 자기 현전現前을 위해서는 늘 그때마다 새로운 언어와 비전이 창출되지 않으면 아니 된다. 기실 모든 무속신화가 그 내적인 명제이자 약속이기도 한 인간적인 자기 해방의 에크스타시를 잃어가고 있는 것은 그 새로운 비전의 창조적인 생산능력을 갖지 못하고 낡은 신화적 언어에 얽매어 있기 때문이다.

결국 새로운 시적 언어의 창출 없이는 어떠한 신화도 그 본래의 기능인 인간적 해방을 기대하기 어려운 것이다. 단적으로 말해서 진을주의 사두봉신화는 잃어가고 있는 민족적인 무속신화의 재현이다. 그러나 여기에는 보다 중요한 의미가 그 내면에 깔려 있다는 것을 지나칠 수가 없다.

비록 형태와 색깔은 변할 수밖에 없는 것이지만 그 불안으로부터의 자기 해방이라는 인간의 실존적 염원은 시대사회를 넘어서 영원하다는 인간적 진실의 문제인 것이며, 진을주의 사두봉신화가 암시하고 있는 것도 그러한 인간에 있어서의 근원적인 불안과 그 불안으로부터의 자기 해방이라는 새로운 언어 창출의 시도에 다름 아닌 것이다.

무엇보다도 우리가 나날의 일상생활에서 경험하고 있는 시적 언어의 가치 상실은 그것이 곧 실존적인 자기 해방의 가능성을 잃고 있다는 것을 의미하는 것이며, 또한 그것은 실제에 있어서 인간의 묵은 귀신이기도 한 불안의 새로운 등장에 다름 아니란 것을 새삼 간파해야 되는 것이다. 현대인에 있어서 새로운 신화로서의 시적 언어가 절실해지는 것도 그 때문이다.

자기 해방의 상실은 곧 삶의 의미-상실로서 체험되고 있는 것이 사실인 것이며, 그러면 그럴수록 점점 더 인간은 고독한 불안에 휩쓸리기 마련인 것이다. 그러한 상실의 불안이야말로 진을주로 하여금 그의 고향의 묵은 귀신들에게 달려가게 하였는지도 모른다. 그리고 사두봉신화가 새로운 희망과 더불어 마지막 장을 장식하고 있다는 것은 그러한 현대인의 고독한 불안을 더욱 실감하게 한다.

제4시집《그대의 분홍빛 손톱은》

LYRIC POETRY ❶

그대의
분홍빛 손톱은

陳乙洲 詩集

혜진서관

1990년 혜진서관 刊/ A5신판, 142쪽

프롤로그

프랑스의 하늘은 거만한 눈짓으로
오만에 가득 차 있었다
세느 강변에는 피 묻은 칼을 씻은 비린내가
망각 속에 사라져 가고
저마다 무엇인가를 찾고 있었다
그리스 신전 동기둥에 걸친 하늘자락도
화사한 회상에 잠겼고
부호의 나라 쿠웨이트의 사막은
낙타 등에 대한 두려움에 분발하고 있었다
한국에서 파견된 기술진은 검은 대륙에 뜬 태양처럼
건설의 불꽃을 튀기고
유유히 흐르는 인도의 갠지스 강은 아무 말이 없었다
서럽도록 우울했다
어떻게 해야 할 것인가?
생각하면 몽마르뜨의 어느 여류화가의 눈짓이나
오페라座 부근 까페에 앉은 어느 소녀의 담배연기 속
그 눈짓도 슬픔을 열심히 지우고 있었다
아테네의 민속 공예품 상점 앞
어느 부인의 눈짓이나
쿠웨이트 호텔 어느 여종업원의 눈짓도
남모르는 우수를 담고 있었다

더욱이 인도 바라나시의 뒷골목
고샅길 어느 꽃장수 소녀의 눈짓은
나그네의 가슴을 진한 잿빛으로 뭉개고 있었다
김포공항 귀로의 7월
한국의 하늘은 너무나도 고왔다
박수소리가 들리는 듯했고
우리 아이들이 흔드는 손짓이 아른거리는 듯 싶었다
그러나 줄거운 여행의 홍분도 가라앉고
이제 머언 결실의 가을을 기다리는
사슴들의 글썽한 눈짓이 떠올랐다
그들의 눈빛 속에는
머언 삼팔선의 능선이 아른거리고
삼팔선은 자유와 평등을 위해
인류를 대신해서 피를 흘린 곳이다
지금은 그 피가 외로운 들꽃으로 피고
바람소리, 물소리, 새소리 이 모두가 서럽도록
아름다운 시를 쓰고 있는 것이다
이제 한국은 시의 나라이다
세계에서 가장 시를 많이 읽는 민족이 되었다
한 치의 땅만 파도 고대 문화의 유적이 나타나는
복 받은 민족이다

이러한 토양 위에 시가 무성하게 자라는 것은
자연스러운 일이다
지금 한국은 민주화의 진통에 고비를 넘고 있다
앞으로는 의연한 민주 태평시대를 이루고 말 것이다
「水到渠成 孤熟蒂落」이란 고어에 비쳤듯이
물이 흐르는 곳엔 개천이 나고
오이가 익으면 꼭지가 떨어지듯이
한국은 태평양 시대를 열 것이며
그 주도국이 될 것은 즐거운 역사의 순리인 것이다
이제 한국은 온갖 고난을 딛고 일어서서
풍요로운 사회 속에 참된 문화의 꽃을 피울 것이다
이 시집에 수록된 詩들 중 1부에서 3부까지는 신작 詩들이며,
 4부에서 7부까지의 詩들은 詩集《슬픈 눈짓》 초판 때의 내용을 재편집
해 발표함을 밝혀 둔다
 시집의 출간에 힘슨 조완호 시인에게 진심으로 감사드린다

1990년 5월

저 자

그대의 분홍빛 손톱은

그리움의
눈매 속에
꽃잎으로 피어서

내 환상의 나래로
물살도 없이 흘러와요
그대의 분홍빛 손톱은

설레임의
미소 속에
꽃잎으로 떠서

내 달아오른 입술가에로
어리마리 어리마리 흘러와요
그대의 분홍빛 손톱은

사무침의
눈빛 속에
꽃잎으로 흔들려서

내 목 언저리로
넘실넘실 나래질이어요
그대의 분홍빛 손톱은

떨리는
긴장 속에
꽃잎으로 숫저어

내 머리 뒤돌아
뉘엿뉘엿 스쳐와요
그대의 분홍빛 손톱은

그대의 하얀 손가락

그대의
하얀 손가락의
흐름에는
차를 젓는 커피향이 즐겁고
거기에는 내가 아직 못다한
사랑의 이야기가 피어오르고 있어요

시간은
자꾸만 흐르는데
할 말은 아직도
시작조차 못했어요

말을 하려고 하면
할수록
가슴만 뛰는 것을

그대의
하얀 손가락의
흐름에는
꼭 내 깊은 마음을
열어 줄 것만 같아요

그대의

하얀 손가락의
흐름에는
꼭 어디서 본
파아란 하늘을 오르내리는
천사의 손가락의 흐름 같아요

천사의 미소

고추바람에서도
四月의 하늘이 걸린
그대의 속눈썹

잔잔한 내 가슴에
물살 지어요

大雪의 추위에서도
아지랑이로 피는
까아만 눈웃음

답답한 내 가슴에
하늘로 열리네요

동지 섣달 매서운 추위에서도
빙그르르 피는
장밋빛 입술

평화로운 내 가슴에
뭉클해져 오네요

장밋빛 꽃물살 속에
눈부신 하얀 齒列

일렁이는 내 가슴이
사뭇 뜨거워지네요

눈 앞에 피어오는 피어오는
그대 천사의 미소

내 영혼이 가야 하는
꿈길만 같아요

천사의 발자국

이 땅에 내린 천사여!
비 오고 개인 무지개 타고 내렸음인가
발자국마다 분분한 오색 비늘

맑은 숲속 호숫가로
목욕하러 내려오는 줄만 알았는데

어느 날 충무로 샤워장
거울 앞에 선
곡선의 탄력과 남갈색 장발에
소스라치는 눈빛인가

이 땅에 내린 천사여!
햇살 눈부신 날 구름 타고 내렸음인가
발자국마다 포근한 꽃가루 꽃가루

절경의 후미진 곳
山有花를 꺾으러 내려오는 줄만
알았는데

어느 날 대학로 인파에 끼어
장미꽃 손에 들고
하이힐소리 부서지는 발자국이여

향내 은은한 걸음 걸음 따라
심장을 꺼내어
둥! 둥! 북으로 울리릿가

천사의 머리카락

햇살에 부딪치는
눈부신 황적색 머리카락
화약 냄새 풍기고

사리는 듯 구름 같은
적남색 머리카락
푸른 하늘 냄새 풍기고

바람으로 살랑대는
남청색 머리카락
깊은 산 냄새 풍기고

빗방울로 흔근한
눈 감기는 청황색 머리카락
밤꽃 냄새 풍기고

미소 속에 어지러운
천사의 머리카락
벼개 모서리를 적시는 사향으로 풍겨
하늘로 하늘 꼭대기로 올라라

그대의 숨결

하늘이 내리신 뜨락에
흐르는 난향은 그대의 숨결

가슴에 출렁이는 파도여라

빗속의 태양

비가 오네 비가 오네
퇴계로에 詩律 타고 비가 오네

빗속에 떠오르는 태양
세상에 아름다움이란 아름다움은
다 여기 있어 빗줄기마다 찬란해

빗속에 떠오른 태양
세상에 꿈이란 꿈은
다 여기 모여 가로수마다 솟아라

빗속에 웃는 태양
세상에 평화란 평화는
다 여기 피어 얼굴마다 충만해

빗속에 끓는 태양
세상에 사랑이란 사랑은
다 여기 이뤄 우산 속이 뜨거워

오 내 빗속에 처음 태양
오 내 영원한 사랑이여

비가 오네 비가 오네
퇴계로에 神韻 타고 비가 오네

망부석

달아 높이곰 돋아샤
멀리 좀 비쳐다오
길길이 쌓인 폭설 속에
행여 빠지지나 않는지
생각하다 생각하다 얼빠져
가슴 조이는 바위

그대는 어느 장터에서
허둥대는 발걸음인가

생각하면 가슴이 미어지는 천둥소리
머언 하늘로 사라져 가네

그대는 천둥소리에
귀를 막으며 귀를 막으며
눈 위에 넘어지면
손을 털며 달려가는
사뿐사뿐 발자국소리인가

달아 높이곰 돋아샤
멀리 좀 비쳐다오
험하고 무서운 눈사태 속에
행여 묻히지나 않는지

기다리다 기다리다 숨막혀
가슴 뛰는 바위

그대는 어느 장터에서
딸려가는 요염한 미소인가

생각하면 타는 가슴에서 번개치는 불빛
머언 지평선으로 녹아들어 가네

그대는 번갯불에 눈을 가리며
눈을 가리며
눈더미 위에 꼬꾸라지면
손을 불며 달려가는
뽀드득뽀드득 발자국소리인가

달아 높이곰 돋아샤
멀리 좀 비쳐다오
유리알 같은 빙판 속에
행여 넘어지지나 않는지
창자가 끊어지는 아픔으로
굳어져 버린 바위

그대는 어느 장터 어느 품에서

빠져드는 숨소리인가

생각하면 벼락이 지나간 뒤끝
슬픈 고요 속에
마음도 몸도 천 길 지하로 빠져가네

그대는 머언 동이 트는
千年恨 망부석으로
돌아오셔요 돌아오셔요

어머니

큰아들 돌아오라고 돌아오라고
새벽마다 조왕님 앞에 떠놓은
구 천 사발의 정화수

손빌이 한숨소리만
뒷동산 대바람소리로 사운대고
귀밑머리만 흰 구름으로 피어오르시더니

어느 날 말없이 七天으로 떠나실 때
원통의 학이 되어
큰아들 소식 피리로 불며 불며
푸른 하늘에서 돌아오마 하시더니

어느 날 큰아들이
그 뒷동산 대바람소리 앞에
돌아와 서서

천 년 같은 학을 기다리는
그 하늘에
귀밑머리만 흰 구름으로 피어오르게
하시네요

사초를 하던 날

고리포쪽에서 맵게 불어오는 갯바람
상한 갈대를 서걱이는 서걱이는
무진년 한식날

한숨으로 보내시던
지나버린 세월 앞에

아슬아슬하게 돌아온
거북 등허리로 굽은
일흔 넘은 풍상의 큰아들

뜨거운 눈시울로
시방 사초를 하고 있습니다

장손 동규는
산새가 날으는 산길 너머로
기우뚱기우뚱 물을 날라
산비둘기 빨가장이 손으로
슬픈 솔바람 타고
자꾸만 뗏장에 물을 날리고 있습니다

아버지의 서몽
「太陽에 치솟는 쌍봉 두 줄기의 햇살!」

늦게나마
사초를 하고 있습니다

지지리 고생만 하시던 어머니
아침이면 놋요강 오줌을 주어쌌던
봉강 뒤뜰에 철쭉꽃

지금쯤 서천 서역국에서도
곱게 피고 있겠지요

내 고향에서 살꺼나

옥돌 울근 냇물가에
낚시질하며
내 고향에서 살꺼나

진달래꽃 취해
하일네 묏등 잔디밭에
나자빠져서
술참때쯤 슬픈 낮닭 울음소리 들으며
내 고향에서 살꺼나

오두개랑 산딸기랑 따 먹으며
깜둥이처럼 쓸쓸한 입술로
내 고향에서 살꺼나

모닥불 태우며
오뉴월 멍석 위에
나자빠져서
개구리소리 별빛 헤이며
내 고향에서 살꺼나

눈 내리면
산 속에 눈 내리면
덫을 놓아 물오리도 잡는

내 고향에서 살꺼나

내 각시는 병원이 가까운
서울의 아파트에 사는 게
꿈이지만

나는 내 아들 동준이에게
돈을 부쳐 달라 하며

라디오도 텔레비전도 전화도 없이
사슴과 함께 사슴처럼 건강하게
이주형이랑
내 고향에서 살꺼나

은접시에 금싸라기

눈부셔라 눈부셔라
아침 햇살 튕기는 황홀한
驚異!

은접시 과녁에 꽂힌 금빛살
금싸라기 화살을 물고 떠는 은빛살

수필과 시는
은접시에 금싸라기 놀음이 아니든가

눈시려라 눈시려라
저녁 노을 속에 銀彩金으로 얼기설긴
神秘境!

금싸라기 만나러 가는 바람은
시를 노래하고

은접시 흔들고 가는 바람은
수필의 목청이 낭랑하이

은접시는 조국의 하늘 같은
隨筆이요
금싸라기는 민족의 혼 같은
詩일레라

굽니는 대학로

서럽도록 아름다운 대학로

지금은 뿔뿔이 흩어져 새봄을 찾는
낙엽의 막차를 놓치지 않으려고
어디론가 서성대고 있다

언제부턴가 일요일이면
대량 운송 차량의 물결을 중단시키고
젊은 광장 축제의 도가니로 소용돌이치던 거리

아침부터 밤까지 젊음의 싱싱한 머리카락에서
샴푸 내음이 마로니에 바람결에 묻어나는
풋풋한 꿈의 활로

젊음의 불길이 타오르는 밤이면
성균관쪽 밤하늘의 옛 별들이
한쪽 구석의 뜨거운 열기에
걱정스러운 듯한 눈시울로 감아쌌다가

술병과 깡통 비닐봉지가 트럭으로
실려 나가는 아침이면
그렇게 푸르디 푸른
깨인 품질의 하늘빛 미소로

즐비한 예술의 조각들을 비춰 주는
활기 찬 대학로

반핵의 주문을 외우는
예총회관의 지붕 위에
청동빛 비둘기떼들도 마로니에 공원에
초조하게 날아 앉았다가
갑자기 혜화동 로터리 너머
옛 성균관쪽 전통의 하늘을 갈아대던
맑은 새벽은 베를린 장벽이 무너지던
날 아침이었다

세계 인류의 가슴 속 꿈이
놀란 깃발로 나부끼던 날
서울 대학로에선 눈부신 가로수의
낙엽이 낙엽이
때 맞춰 한꺼번에 쏟아지는 절규를
가슴에 안은 냉정한 이성의
초겨울 찬바람들이 순간 북쪽
휴전선으로 몰려갔다

낙엽을 밟으며 굽니던
눈물어린 대학로의 물결들은

3.8선이 무너지는 서울과 평양을
번갈아 생각해 생각해 내면서

지금은 어디론가 뿔뿔이 흩어져
통일의 막차를 한사코 놓치지 않으려는
부끄러운 물줄기들이 얼굴을 가리며
지하로 지하로 굽니고 있다

새봄이 오면

천지가 푸르르게 물이 드는
새봄이 오면

그리움이 퉁수울음처럼
속을 뒤집어 놓고

내 가슴은
남극 얼음 깨지는 소리로
내려앉아라

하늘이 부신 창가에서
진한 커피향처럼 피어오르던 순정

그 때 그 자리에
한 폭 수채화로 걸리고

지금쯤
完山七峰 가는 길엔
벚꽃도 흐드러지게 피고 있겠지

통일의 광장

이순신 장군의 노여우심이
쏟아지는 눈빛을
용케도 철모로 가리면서
철조망 안의 해읍스름 속에
남과 북의 열적은 휘파람소리

어이하리야 어이하리야
시방도 휴전선의 녹슬은 철조망에
서러운 바람만 부는 것을

누가 철조망을
녹이고 싶지 않으랴
너와 내가 외갓집 가던
환한 길처럼

우리는 강물처럼
어울려 버려 어울려 버려
그날 민족의 광장에서

3.8선이 다 무슨 소용
황토빛 밭두렁에서
허기진 어머니의 젖을 빨던
하나의 핏줄

우리는 미친 듯이 얼싸안고
한라산에서 백두산까지
파도처럼 일어나 버려
파도처럼 일어나 버려
그 날 통일의 광장에서

남북통일

단군님이 웃어제낀
참으로 푸른 하늘이 내린
首都 판문점 중앙청 지붕 위에
신생 공화국 국기가
하늘 높이 펄럭이는 눈부신 새아침
韓朝民主共和國 개국식 만세소리!

남쪽에선 대한주정부 주민들이
북쪽에선 조선주정부 주민들이

한강의 강물처럼
대동강의 물줄기처럼

할아버지 할머니들도
아버지 어머니들도
아들 며느리 손자들까지

손에 손에 신생 韓朝國旗를 흔들며
미친 듯이 이산가족 한 데 얼싸안고
뜨거운 가슴 가슴 들불로 타버려라
산불로 타올라라

이젠 지리산도 서럽게 한 번 울어보고

백두산 천지도 마음놓고 한 번 울어봐라

韓朝民主共和國 헌법은
자유와 평등의 至高兵만이 있고
사형제도가 없는 박애주의 새나라
韓朝民主共和國 만세!

휘파람새 소리 구르는
남쪽 끝에서 북쪽 끝으로
북쪽 끝에서 남쪽 끝으로
참으로 오랫만에
연변 며느리밑씻개 꽃이 활짝 웃는
민족통일路에
강아지도 실은 이삿짐들이
길앞잡이떼 날리며
왔다갔다 야단굿 났네

판문점 수도 통일시장에는
「메이드 인 韓朝」가 산더미로 쌓이고
외국 바이어들이 개미떼처럼 줄서고

평안도 산삼 사러 가는 제주도 사투리가
제주도 밀감 사러 가는 평안도 사투리가

장터에서 박치기로 코피도 내고
화해술로 재미도 보는
韓朝民主共和國 만세!

*韓朝民主共和國 : 남북통일 후, 한조연방제 국호(가칭)
　대한주정부 : 남쪽 자치정부 인정(가칭)
　조선주정부 : 북쪽 자치정부 인정(가칭)

민주주의

하늘이 내려앉은
民主 만삭의 함성이여
시집에서 기저귀 준비 않을까 봐

땅이 일어선
民主 진통의 산고여
외가에서 포대기 마련 않을 리야

반만년
晩産 옥동자의 탄생

기쁨에 떨리는 눈물이여
가슴이 미어지는 사랑이여

하늘도 싫고
땅도 싫어

못생겨도
우리 아기 어쩔세라

파도 치던 깃발 한 데 모여
청자 항아리에 태를 담세

제52차 서울 국제펜대회

자유와 평등을 위해
인류를 대신해 피 흘린 3.8선이
가로 놓인 한국에서

砲煙에 그을은 날개를 털고
서울 한 자리에 처음으로 모인
국제펜의 비둘기떼

체제와 이념을 초월한
날개를 함께 비벼대며
평화의 부리를 서로 맞대고

「급변하는 사회에 있어서의
문학의 가변성과 영원성」을 쏟아놓는
펜 공화국의 금슬은 구구 비둘기

대만과 중공이
서독과 동독이
미국과 소련이 그리고 東西가

「정신문화연구원」의 광장에서
자유와 평등이 손에 손을 잡고
칠월의 달빛에 비둘기떼가 취했다

쾌지나칭칭나네

흥분의 도가니 속
저 달빛은 평양을 비치고나 있는지
북한이 비어 있는 자리엔
한 가닥 슬픔이 밀리고만 있어라
쾌지나칭칭나네

「쉐라톤워커힐 · 무궁화그랜드볼룸」
환송연의 테이블마단
3.8선을 넘나드는 학처럼
날으는 전숙희 회장은
중공의 손에 대만의 손을 얹어주고
으깨져라 누르고 부서져라 흔들고
볼에 부비는 한국의 손은
울고 웃어야만 하는가

자유와 평등이 흐드러진 밤의 무대
뜨거운 가슴과 가슴을
못견디게 부벼대는 아쉬움이
아득한 강물로만 흘렀어라

세느 강변

「바스티유」 감옥의 열쇠를 쥔
군중의 고함소리와 수감자의 환호소리가
맞부딪쳐
영국 해협으로 흐르던 비린 강바람

지금은 「쌍빠뉴」 지방의 포도밭에서
불어오는 바람이 목덜미에 감미로와라

「샹미셸」교 근처에서
어린이 구슬치기의 자유는
아직도 여린 날갯짓
영원으로 파닥거리고 있고

「샹젤리제」 카페의 파리장들의
샴페인을 터트리는 평등의 고함소리도
슬픈 세느 강 바람으로 흐르고 있어

「떼르뜨르」 광장에서
그림에 몰두하는 조용한 여류화가의
박애(博愛)로운 담배연기는
물빛 파리의 하늘에
서럽도록 아름답게 흐르고만 있는가

세느 강은
사색과 창조의
새침한 비늘로
번득이며 말없이 흐르고만 있다

인도의 꽃장수 소녀

「히말라야」 산맥에서
불어오는 지친 솔바람
「갠지스」 강 위에 떠오르는
슬픈 태양을 달래고 있다

고뇌의 이불에 둘둘 말린 시신(屍身)들이
화장터에 줄을 이은 강변

물새가 울고 간
강물에 띄워지는
검은 주검의 재

쇠똥이 널린 화장터
뒷골목에
쌓인 꽃송인 소녀의 미소

금장(金裝) 인력거에서 방금 내린
뚱뚱한 귀부인이 몰고 온
「힌두스탄」 평야의 늙은 바람은
「힌두쿠슈」 고산지대 유공충(有孔蟲)의
화석처럼 굳어진 소녀의 얼굴을
머리칼을 나부끼곤
빈민가의 지붕을 넘었다

無限大한 대륙의 기인 잠을
흔드는
인도의 꽃장수 소녀

「마하바라타」
「라마야나」의
허무한 大敍事詩韻만이
달래줄 것인가

워싱턴 D · C

세계의 지붕

지구상의 도처에서
비가 새는 것은 있을 수 있는 일

워싱턴 D · C, 0번지 안방에 서서
화려한 천정을 바라보았더니
내 이마에 납덩이 빗방울이
뚝 떨어지고 있었다

대낮엔 햇빛으로 세계의 창문이 쨍하고
밤엔 우범지대 천리 밖 어둠 속으로
우울했다

그래서 통일교에선
세계 도처의 비 새는 천정에
우산을 가리고 있는가

방금 백악관 뜰에
세종대왕 동상 같은 이마도
잠깐 비치더니

링컨 대통령의 흑인 노예 해방만으론

잘못된 것이라나?

머슴을 부렸으면
집 한 칸 마련해 제금 내주듯이
남북전쟁 승리 때
미국의 그 넓은 석유 나는 땅 한쪽
뚝 떼어서 독립국가로 제금 벗어야지

그래서 통일교에선
지상천국을 건설하는 망치소리가
워싱턴 D · C, 0번지의
대들보를 울리고 있는가

라스베가스

저마다 가슴의 불길이
활활 타오르는 네온사인
광란의 도시

세계의 부호들이 모여
사랑을 순간에 태우고
사랑을 순간에 맺는 밤

세계의 부호들이 모여
재화를 순간에 태우고
재화를 순간에 일으키는 밤

어차피 인생은 도박인 것
세상은 홀로 왔다 홀로 가는데
무슨 두려움이 있으랴

밤의 상처는
훌훌 털고 일어설 일

푸른 하늘이나 바라보며
휘파람으로 눈물은 지우자

고향의 물소리 새소리 들려오고

어머니의 얼굴이 하늘에 떠오를 땐
이미 늦어버린 시간

어차피 인생은 나그네
세상에 왔다가 무엇하랴
부귀영화가 한 줌 흙인 것을

한 그루의 사과나무가
바람에 몹시 흔들려 보일 뿐이다

호롤루루의 밤

오터거리프 호텔 로비에서
소녀의 피아노 반주에 독주곡으로
旅愁의 고독을 달래기엔
너무한 아쉬움인가

이따금 나그네의 신청곡이 흘러
더욱 수심에 잠기는데

밤이 깊어가는 줄 모르는
여기저기 깨알 같은 情話 속에

석고처럼 홀로 앉은
내 코에선 우이스키티 내음만이
장미향처럼 피어나는데

저만치 불빛 속에 떠오른
눈에 익은 오똑한 콧날
그녀의 미소에 손짓하는 밤

서로 말이 없이 흐르다가
글라스를 부딪치고 일어서서

와이키키 해변을

걸었다

그녀의 몸에서 풍기는
비릿한 바닷바람 내음이 머언 천둥소리로
내 가슴에 울려오고 있었다

와이키키 해변

– 밤의 멜로디

멀리서 다가서는 불빛 부리로
바다의 어둠을 쪼아대는 소리

파도로 일어나 찰싹이는
와이키키 해변

검은 빌로드로 깔린 黑沙場에
발자욱소리도 없이 걷다가

문득 파도를 잠재우는
그대의 뜨거운 육성
순수로 승화시켜 놓고

가슴엔 숱한 씨알로
씨알로 묻히는데

벌써 겨드랑 밑에선
여린 깃털이 돋아나
밤하늘을 날게 하는
이 감미로운 선율

보이지 않는 수평선을
메아리로 그어놓는

그대의 눈빛처럼 까만 이 밤

달콤한 사탕수수밭 바람은
이마에 스쳐가고

키 큰 야자수는
자꾸만 바다에 외로움을 쓸어넣는
끝없는 모래밭

너와 함께 걷는
나의 잊지 못할 밤의 멜로디여!

시선집《부활절도 지나버린 날》

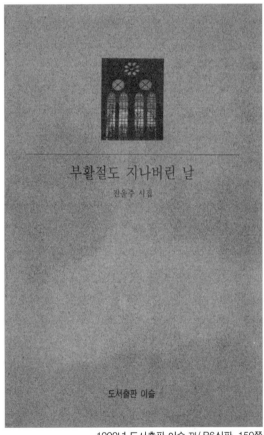

1990년 도서출판 이슬 꿰/ B6신판, 150쪽

*시선집 《부활절도 지나버린 날》은 앞서 발표한 시집 《가로수》와 《슬픈 눈짓》, 《사두봉신화》 등에서 74편을 엄선하여 엮은 선집으로 본 시전집에서는 별도의 게재를 생략함.

제5시집 《그믐달》

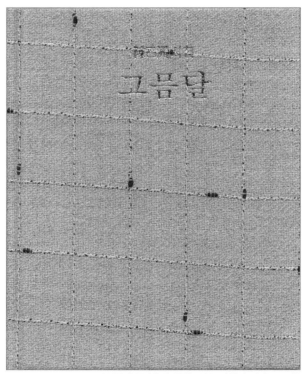

2005년 도서출판 을원 퀘/ A5변형판 양장본, 82쪽

序

토성 최대 위성인 타이탄 모습이 드러났다.

타이탄은 달에 이어 인류가 두 번째로 방문한 태양계 위성이다.

과학이 달에 갔을 때는, 그에 앞서 詩가 먼저 달에 다녀온 것이라고 말들을 했으나, 이번에 타이탄에 과학이 먼저 다녀온 것은, 詩가 편안하게 마음 늦추고 있을 때, 다녀오게 된 것으로 보아도 좋은 비유가 될 것 같다.

이 말은 다름 아니오라, 예전엔 과학보다도 詩가 먼저 앞서 가고 있었으나, 지금은 詩가 깊은 늪에 빠져들고 있지나 않은가 하는 자성의 말을 하고 싶은 것이다.

1997년 10월 지구를 떠난 탐사선 호이겐스는 7년 간의 여행 끝에 타이탄에 도착해 임무를 완수했다고 한다.

영하 180도 얼음 바위를 알아냈고, 메탄 구름층을 확인했으며, 38억년 전 원시 지구와 비슷하다는 것까지 알아내기 시작했다는 것이다.

원시 지구에서는 번개가 칠 때, 그 에너지에 의한 화학 반응으로 원시 생명체가 탄생한 것으로 추정된다는 것이다.

따라서 타이탄의 대기에서 번개가 발생하는지를 측정하는 것이 호이겐스의 주요 임무 중 하나라고 한다.

과학은 이처럼 자고 나면 앞서 가 있고 하는데, 詩도 이제는 잠에서 깨어나 달나라를 다녀 오듯이, 과학보다 앞서 가는 미래의 예언자가 되었으면 하는 소망의 충정에서다.

　이번에 시집에 담은 詩 중에서도 유독 달에 대한 몇 편의 詩가 있는 것은 새로운 몸부림의 흔적으로 보고 싶다.

2005년 2월

진 을 주

그믐달

낚싯대가 놓쳐버린 뛰는 심장

호수 위에 波紋으로 일어서는 결단을 내릴 때

밤 내 앓더니 날이 새기 전에 또 입질이구나

만월

불가마 속에서 꺼내들고
수 없이 쇠망치로 때려부수다가
어느 날 눈에 번쩍 띈 天下一品

아찔한 흥분에
하늘로 던져보고 얼러보다가
홀랑 날아가버린 白瓷항아리

당신 때문에 얼마나 많은 세월이 슬펐습니까

月波亭

호수 공원에 바람 부는 날은
헛물만 켜고 헐떡이는 月波亭

소문난 물 속 보름달의 알몸 살빛을
아니 보는 듯 물가에만 돌고 다니는
점잖은 일산 사람들

애견들까지도 물기 냄새에
용케도 코를 벌름거리고만 다니는
부끄러워 못본 척하는 일산 사람들

아무도 모르리
子正이 넘으면 달빛이
月波亭의 옷을 벗기고 있다는 것을

*月波亭 : 경기도 고양시 일산구 호수공원 수중 소재

인사동에 뜨는 달

서울 인사동의 달을
질항아리에 띄워 놓고

격랑의 술잔 속
낭랑한 四書三經 독경소리
퍼 올리다

"아니, 내 잔에 달이 졌다!"

핸드폰 소리 듣고
그대 좇아와 달을 띄우는 술잔

끝끝내
홀로 앉아 빈 항아리 껴안고
달을 찾아 고래고래 소리 지르다

사랑讀本

烏石 속의 피리 소리를 캐내기 위해 나는
돌을 깨야 한다

캄캄한 어둠 속에서
貞이 재를 넘겨주는 피리소리 따라

나는 환하게 죽을란다

風磬

파닥거리는 물고기
썰물이 빠져 나간 海底에서

새벽 예불 소리에
그물을 빠져 나온 空腹의 소리

저승 같은 산바람이
내 눈시울만 살피는가

이승과 저승의 시퍼런 大門소리

부두에서

소주잔이 깊을수록 바다는 운다

누가 시작한 畫板인가
붓끝이 닿을수록 슬픔은 푸르러만지고

하늘과 바다를 달래는 갈매기
수평선을 물어다가 깃발로 펄럭여 보아도

부두는 울음이다

하루도 쉬지 않고
어둠의 아픔을 퍼내는 부두

울음이 타는 늪가에서

하늘이 심란하게 걸린 언덕빼기에서
눈빛 초조하게 굴리더니
눈 깜짝 사이에 수심 깊이 숨어버린

고 털이 예쁜 수달

지금 내 울음이 타는 늪가에서
물풀이 무성한 구멍에

북적북적거리는 노을빛만

禪雲山 소쩍새

칠산바다 恨을 잊지 못해
밤 내 숲 속 자지러진 울음

그 울음 모르는 척 달아나는
비정한 수평선이 그리워서인가

대웅전 마당에
달빛을 이리 쏟아 놓고도

끝내 날 샘 창호지의 뜬눈이드냐

선운산 첩첩
쇠심 같은 질긴 울음

내 서러운 칠산바닷빛 목 놓아버림이드냐

이 가을은

억새꽃마저 달아나면서 홀로 울게 하는
이 가을은 내 슬픔마저 거세하다

미친년 같은 들판

견딜 수 없는 웃음소리만 들려오다

소양강 만추

감금이다

불길 옮겨 붙을까 봐
하늘을 아슬히 밀어 낸 산자락

서걱한 능선
질펀이는 계곡
온통 불잉걸 알몸일세

美色 더듬질로 물 위를 달리는
탱탱한 船頭
後尾론 물거품 비린내

성욕에 불 밝힌 솔개
하늘이 떤다

오르가슴 뒤끝 같은 紅顔으로 근육이 풀린 선착장

시력을 되찾은 하늘은
또 다른 美色으로 떠날 배낭의 끈을 조인다

서울의 첫눈

첫눈 내리는 창가에 연어 떼의 여울물소리

희끗희끗
電信으로 날아 안기는 살빛 실타래

두근거리는 심장에 初經의 당황한 얼굴빛

첫눈에 안겨 내 몸 눈송이로 눈송이로 내리고만 싶어라

눈 내리는 南山

눈 깜짝 사이에
바닷속에 가라앉은 순백의 孤島

무명베 치마폭으로 얼굴 가린 심청의 水葬입니다

九重 용궁 휘모리 잔치마당

심 봉사의 지팡이짓 서러움으로 눈은 내리고
내리고만 있습니다

*南山 : 서울 소재

백설이 분분하면 오동도로 가야 한다

어쩌자고 대낮에
백설이 분분 가슴 벌렁거림인가

이렇게 꼭 前生 같은 날 나 오동도로 가야 한다

하얀 눈 침대에 공포로운 동백꽃 핏덩이
꽃술 숨소리 세상에 발각되던 오동도

裏窓으로 훔치는 비경에
발톱 핏빛 실성한 갈매기의 불륜

나 오동도로 가야 한다

길을 메우는 눈송이 뒤에

길을 메우는 눈송이 뒤에
나는 길을 따라 나서고 싶다

하늘에 눈길이 있어 눈이 내리듯

동지섣달
퍼붓는 저 눈 속을 헤쳐

고리포 개펄 울음 가슴 미어지는 시야

나는 길이 끝나는 곳까지 가고 싶다

*고리포 : 전북 고창군 상하면 서해안에 있음

장수강 갈대꽃

울음을 퍼 올리는 실성한 눈썹

뻘밭으로 서러움 굳히기에 푸석한 얼굴

머무적 머무적 뒤돌아보는 썰물
빠져 나가는 노을빛 강바람

그럴 때마다 선운산이 울고
충혈된 눈 앞에서 바쁜 산 그림자로 닦아주고 닦아주는

내 초조한 눈물

바다의 생명
- 휴지처럼 짓밟힌 대천 '98형 내시경

거대한 바다고래가 나자빠져서 벌떡거린다

아스란 등뼈로 멍든 수평선
명사십리 흐늘대는 아랫배

천 길 바다 밑 어디선가에서 암벽의 白化로
소라, 성게, 퉁퉁마디가 썩는 줄 모르고
젊음은 예쁜 젖꼭지를 빠는 철없는 고래새끼처럼 뿔뿔거린다

맥주잔 부서진 유리조각 물결

열나흘 달빛을 희롱하다 바닷가에 와그르르 거품으로 밀린다
밤내 만취한 신열

이따금 악물고 일어서는 하얀 이빨
흐놀든 파도소리 날아가
아침 해송에 사운대고

정신없이 헐떡이는 백사장은 백태 낀 혓바닥
정오의 가마솥 불길로 날름거린다

20세기 중반 지구상에서 인간의 생명이 사라진다는 비린내
내 앙가슴으로 꼬옥 안아본다

배꼽 배꼽들

두려움이 타는 아름다운 여름바다

*퉁퉁마디 : 식물성 기름과 단백질이 풍부한 미래 식량인 해초(살리코니아)
白化 : 공해로 죽어가는 바다의 암벽이 하얗게 변하여 생물을 모조리 죽이는
    현상

촛불 시위

- 2004. 3. 12. 노 대통령 탄핵 소추에

천상에서 한꺼번에 은하수 건너온 꽃사슴 무리

일란성 쌍둥이로 초롱한 눈빛들

슬픈 아빠의 어깨 위에 예쁜 새끼들 무동 태워
조국의 가슴에서 젖줄 찾는 입술들

세상 사람 보는 앞에
꽃샘추위에 옷깃 세워
출렁이는 광화문 파도에서

나도 촛불로 떴다

경의선 복원

2002년11월엄동의경의선철도를잇는휴전선에서

지뢰 하나 캐 놓고
심봤다!

쉿!
美軍 美軍

꼬시레 !

渡江 같은
살얼음판 속 시푸런 물소리

가슴 미어지는
기막힌 철길의 기적소리

제2 8 · 15 광복절 이산가족 상봉

50년 이산의 恨서린 누룩곰팡이

와그르르 술독 깨진 봇물입니다

서울.평양 색깔 없는 눈물 소나기 홍수
둥둥 떠내려가는 휴전선의 철조망

범벅진 슬픔

눈 뜨면 달밤 갈대꽃 바다였습니다

간장을 도려내는 아들의 통곡에
치매 100살 노모 말문이 터졌습니다

北 부인 주라며 시계 선물하는
南 아내 이춘자 씨의 혼절

시계를 붙들고 파르르 떠는
北 남편 이복현 씨의 목안으로 타드는
씨아질소리

뼈의 톱질 같은 사연들 뼈가루로 분분한데

엉클린 이산의 가슴 속 꺾인 억새꽃 상처
얼마나 울어야 설악산과 금강산의
소쩍새 핏빛 목청이 개일 것인가

봇물이 바다 되는 통곡

시간이 무섭기만 합니다

금강산
- '99. 5. 봄비 속에서

설계도의 잣대 눈금에서 떨리던 秘境이
공법에 와선 神韻이 나부끼는 흔적이구나

웃으라는 것이냐
울으라는 것이냐

운무를 벗는 속살의 간음이 나보고 눈감으라니

봄비의 가슴을 활짝 벌리고 은여우 꼬리로 촉촉이 내리면서

나쁜년!
너는 너무나 예뻐
귀싸대기를 한 대 갈겨 손목 틀어잡고
쥐도 새도 모르게 지옥으로 숨고 싶어라

무안연꽃축제
– '99 초의선사 다례식 재현

분청찻잔에 설록차 첫방울 십만 綠平線 백련향 파문입니다

하루 손님 삼십 만 굽니는
무안 황토빛 얼굴입니다

잎 치맛자락 살짝 떠든 살결 꽃봉오리

발자국 소리에 숨죽인 씨방 속

낯가리는 연꽃 바람 속에
파르르 떨리기만 합니다

휘파람

휘파람소리
귀신같이 알아낸 송림산의 봄

능선마다 허리끈이 풀렸네

내 동갑 朴得培는
휘파람 사이사이
낫자루로 지겟다리 장단 맞추고
나는 지겟가지에 용케도 깨갱발 쳤지

하늘은 봄을 낳은 산후의 고통
보릿고개 미역 국물빛 울음 반 웃음 반이었어

휘파람소리는 황장목 솔바람보다도 슬펐다

*松林山 : 전북 고창군 상하면 송곡리 소재, 저자 생가 뒷산

설악산 진달래

있는 정 다 풀어놓은 온 산에 술냄새

암 !
주객이 청탁을 가릴 수야.

이 산 저 산 가지마다 말벗 트고 살자는 술잔

뒷산에서 두견새 울음
산 넘어올 때마다

높은 산꼭대기 송이송이 바람에 엎지르는 손떨림

앞산으로 두견새 설움
찰랑거려

온통 사랑으로 피멍진 진달래 술빛
두견새 울음 연줄 붙잡고
나도 산을 넘을란다

지리산 산수유 꽃

그렇게도 갈망하던
백일 기도회 山寺의 종소리

얼마나 커다란 슬픔이면
여기 와서 종소리의 울음빛으로 피었겠는가

숨기던 내 비밀이
세상에 알려지는

山 냄새
色 첩첩

나 지리산으로 도망 가
산수유 꽃처럼 종소리로 울란다

바람 부는 날은

덕수궁 모란꽃 향기
뜨락에 엎질러지는 비정한 날

내 옷을 털고 물러서야 하는
실성거림

머리 위에선 5월의 하늘빛이
내 마음과 모란꽃 향기 지워지는 사이에 서서

내가 왜,
덕수궁의 슬픈 內燃의 가야금 줄이 우는 세상 끝이
보이는지 모르리

德壽宮 春帖子

북두칠성을 꿈에 그리다
한 번 크게 울릴

덕수궁의 돌북으로 난 살란다

수만리 지하 수맥의 물소리를 듣는
덕수궁의 물시계처럼
내 그리움은

햇살의 실오라기에도 피를 말리는
덕수궁의 해시계인 양
내 슬픔은

너의 품속이 아무리 덕수궁의 수문장처럼 바뀌어도

그 깃발을 나부끼는 바람으로 난 살란다

남원 진달래

동지섣달 창살 안에
춘향 같은 남원 진달래

〈춘향아 내가 왔다!〉

이몽룡의 목소리로 피는 봄 햇살에
나아 앉은 춘향의 고운 때에 비친 도화살이구나

남원 큰애기

사랑방 문갑 위 헌책 냄새에
부푸는 가슴

심심산천 도라지꽃 물빛으로
깊은 가슴 속을 닦아내어
햇살을 기다려

청대밭 속에 숨어서 자라는
비온 뒤 죽순을 남 몰래 만지고 나오는
상기된 발걸음

영혼을 방짜로 두들겨서 毒藥 같은 소리에 미쳐 사는 아득히 머언 길

어느날 궁금증을 풀어줄 치마속 꽃신이 곱구나

오동도 동백꽃

대밭 사이사이로
숨어서 내다보는 도장밥 입술
혹시 외간남자 눈치 챌까 봐
새파란 내외법이겠지

내 심장에 툭! 떨어지는 빨간 肉體

몸이 이리도 불덩인가

잎 잎 쪽빛 치맛자락 같은 것
살짝 가리랑깨 !
숲 틈새기 하늘빛도 저리 야단난 걸
여수항 갈매기도 슬픈 피를 토해쌓더니

그래
너도 벌써 내 손에서 슬그머니 빠져 나갈 시간 같구나
靑潭同人 雨林 시인의 가슴에 툭!
떨어지는 요샛 미녀
눈물이 피잉 돈다

나, 일산 집에 돌아와
밤 낮 뜬눈으로 창밖에 여수 쪽
冬柏肝으로 신음신음 앓고 있음을

내가 미치게 동백꽃이 보고 싶을 때

고 귀신 같은 종달새가
보리밭에서
푸른 하늘로 솟구치는 미친 짓을 꼭 알 것만 같아

동백꽃이 보고 싶은 내 마음일 때처럼
아스라한 하늘 끝에
설움이던가

그때 물빛처럼 달아나던 그대 그림자가

지금도 이 땅에는 울음빛 타는 강물로 목이 메이고만 있어

광양 매화 꽃밭

겨우내 뼈를 얼리던 눈물 글썽한 미소

이제 마음 다 놓아버린
한꺼번에 수떨이는 煽情

서로 알아차린 눈빛들

광양 마을 요염한 햇살에 나도 휘파람 불며
슬픈 얼굴이 보일 때까지
매화 꽃밭 하늘을 유리알처럼 닦을란다

*광양 : 전라남도 소재

봄

꽃, 내 혼을 끌고 다니다가
버리고 달아난 잔인함

내 슬픔을 달래기 위해
그 푸르름으로 보내는가

봄이 떠나가는 어디쯤에 와서사
내 가슴에 귀를 기울이는 여린 숨소리

노근리의 봄

– 2002. 5. 16

美軍의 무차별 총격에 쓰러진
良民들의 피자국 생생한 노근리에
서러운 원혼의 피울음 봄비가
부슬거립니다

그때의 유혈이 낭자했던
백차일 친 피난민이
밀물졌던 쌍굴 아가리가
지금 목이 찢어지게 소리 지르다
깨진 귀신단지처럼 흩어지는 발자국소리로
머리끝이 오싹거립니다

철교 밑 절벽의 이마
공포로운 총구멍에서
그때 벌겋게 불달은 美軍機關銃 콩튀는 소리에
고막이 찢어집니다

어머니 등에 업혔던 젖먹이 같은
노란 애기똥풀꽃은 자지러진 울음 고사리 손으로
내 오목가슴을 쥐어뜯고만 있습니다

억울한 비명은 빗속에 벼락천둥으로
내 심장을 새까맣게 불 태워 놓고

혼절한 봄비 끊칠 듯 끊칠 듯
두견새 핏빛 상여소리 떴다 가라앉았다

사이 사이에

노근리의 명예회복과
유가족의 보상이라도

우선 영혼을 위로하는 위령탑 하나
우울한 노근리의 봄 하늘 아래
마음 속으로 우뚝 솟아오르고 있었습니다

뽈리따젤

하늘은 쓸개를 꺼내어 울린 고려 북소리

땅은 눈물로 갈고 닦은 고려 쇠심

바람은 단번에 너와 나의 눈물꽃으로 피고 있다

*뽈리따젤 : 타쉬켄트에 있는 고려인 마을

이과수 폭포

지축이 울리는 스페인軍의 말발굽소리

쫓겨오는 인디오 女人들의 아우성소리

굽이굽이
햇살에 번득이는 칼날빛
인디오 女人들의 거꾸러지는 발바닥빛
속살로 속살로 뒤집히는 姦淫입니다

利他的 遺傳子로 물보라 세운다며
나에게 한 마디 귀뜸으로
등돌리며 등돌리며 싸늘히 흘러만 갑니다

軍馬의 콧바람처럼
여기저기 피어나는 슬픈 무지갯살
끝없이 흘러만 가는 통곡은 언제 끝이 날 것인가

물안개는 수 많은 관광객을 위해서
잉카帝國의 원혼이 서린
이과수의 하늘을 부지런히 닦아대는데

R시인의 선물인
인디오 女人의 독화살이 담긴 竹銃이

바르르 떨리는 내 손 안에
굳게 쥐어져 있었습니다

*이과수 폭포 : 아르헨티나 · 브라질 · 파라과이 3국 접경 지역에 있는 폭포

크레믈린궁 붉은 광장에서

크레믈린궁 붉은 광장에는
금방 소나기로 퍼붓다가
금방 햇살로 눈부셨다가
긴장감이 돈다

레닌묘 안에는 인파가 피의 강물처럼 흐르고
레닌묘 정원에선 러시아 환경미화원(女)이
비로 낚싯대처럼 지렁이를
아스팔트 위에서 꿈틀꿈틀 놓치고 나서
끝내 휴지로 싸 들어
잔디밭에 방생하는 인성에 놀랐다

미라로 누워 있는 레닌과
아스팔트를 쓸고 서 있는 미화원과는
얼마나 머언 거리일까

경기도 일산 우리 아파트 정원 섶
보도블록 위의 비 온 뒤 지렁이를 보았을 때
나도 러시아 여인만 하였었다면
마음이 이렇게 괴롭지 않았을 것을

톨스토이 생가

겹겹 쌓인 역사의 비밀스런 여름 숲 속

뜨락 나뭇가지에 걸린 저 종소리
지축을 흔드는 불멸의 사상

이끼 푸른 지붕은
그 큰 소리 하나로
러시아의 온 하늘을 닦고

방 안은 금방 머리를 식히려 나간 듯한
훈훈한 체온

내가 왜 뒤돌아보면서
뒷걸음치면서
생가에 부는 바람에 가슴이 뜨거워 오는지

넵스키 대로

대로변 유리창에
고 골리의 오만한 그림자 지나간
옛 흔적들이 보인다

年齒의 무릎을 잃는 빌딩들이
페테르부르크의 하늘을 떠받치고
고전을 읽는 가파른 호흡

레닌그라드 여인들의 관능미를
상쾌한 가로수의 바람이 핥는 선정

관광객의 시선을 빼앗는 거리

엉큼한 하늘빛을 더 좋아하는 섹시한 대낮 뙤약볕 살냄새

행인들도 백색 피부를 샅샅이 더듬는 저 바람기들

*넵스키 대로 : 페테르부르크에 있음

네바강

쇠그물이 풀어놓은 자유의 바람

유람선이 놓쳐버린 박자 빠른 노랫소리

달러 냄새에 물비늘이 번뜩입니다

서울의 한강 같은 물이랑은
저만치 가란 듯이 햇살은 바쁜데
어쩐지 네바강은 레닌그라드의 무거운 목쉰 소리로만 남았습니다

그 슬픈 물줄기에 내 얼굴을 문지르고만 싶었습니다

*네바강 : 레닌그라드에 있음

순양함 오로라호

볼셰비키 혁명의 시발점으로
쏘아 올린 大砲의 아가리에 재갈이 씌워진 채

강물 위에 죽은 말처럼 떠 있다

사람들은 눈감은 말대가리에다 대고
연민의 셔터소리만 요란했다

지금은 페테르부르크의 달러 박스

관광객 구둣발에 짓밟히고
레닌그라드의 老炎에 허리가 늘어졌다

아니,
승객 2백 69명이 탄 KAL 007 민항기를
소련 전투기 조종사 '겐나디 오시포비치' 공군 중령이 격추한
사할린 상공…

그 아래 쪽빛 바다에 던져진
장미꽃 다발들이 느닷없이 나를 눈물나게 한다

*오로라호 : 페테르부르크에 있음

백조의 호수

노바데비치 수도원 지붕 꼭대기를 넘어온 바람결에
차이코프스키의 머리카락이 무늬지는 호수

그때의 환상이
키 큰 나무 녹색 그림자로
내 가슴에 어리어리 물들었습니다

백조의 호수 가에서
나와 내가 사랑하는 나의 동반자는
異國의 바람기에 가슴 흔들리며
나란히 사진 한 장 찍었습니다

지금도 백조들은
그때의 흥분된 물재주를 넘고
등허리에 올라타는 철없는 파문입니다

문득, 나도 누군가가 떠올랐습니다

*백조의 호수 : 모스크바 노바데비치 수도원의 연못

눈물병

박물관 진열장 속에 날앉은
아슬아슬한 눈물병

어느 여인의 눈물이었을까

페르시아 전쟁터로 떠나는 남편의 가슴에 매달리던 눈물이었을까

알렉산더대왕의 깃발을 적신 어느 여인의 사랑이었을까

은장도 칼날처럼 번득였을 눈물빛

총성이 멎은 대낮 같은 달밤에
병사는 가슴 속에서 꺼내
미칠 듯 입술로 문지르며 빨며
울던 눈물병

그 눈물 지금은 오흐리드 호수로 넘쳐

그 호수빛이 실성거리며 나를 울린다

*눈물병 : 오흐리드市에 있는 '마케도니아 공화국 국립박물관' 소장

미군 장갑차

효순이 미선이의 혼불이 떠나가는
얼어붙은 의정부의 2002 하늘엔
어화너 상여소리로
꺼이꺼이 바닷가 뻘밭 울음이었다

밤마다 넋 나간
입김 서린 촛불 행진
눈앞이 캄캄한 눈물은 은하수

표범처럼 달려오는
미군 장갑차 앞에 우리는 누우 떼처럼 누우 떼처럼
터진 창자를 끌고 슬픈 강을 건넜다

때로는 광화문에서, 온 국토에서
출렁이는 3십만 촛불 바다로 미대사관을 삼켰다

미군 장갑차가 예쁜 우리 두 딸을 깔아 죽인 날

불타는 地平線

– 美 · 英 이라크 전쟁

이라크의 지평선에서는 石油가 불바다로 타고

세계의 지평선에서는 反戰의 함성이 불바다로 탄다

미군 토마호크 미사일

이라크에 21세기 꿈 같은 石油나무 심어 놓고

로마로 통한다는 길 닦는 火藥 냄새

이라크 油田의 슬픈 苗木

– 알리 소년

사막의 폭풍 속
미군 토마호크 미사일에 이라크 알리 소년의 토막난 팔뚝

찰싹찰싹거리는 石油나무 언덕 아래

몇 천 년 슬픈 소년의 눈물빛이 타야 하는 강물소리

서럽게 서럽게 떠내려가는 石油나무 언덕 아래
알리 소년의 터진 피비린 창자

세계 도처에서 反戰의 절규로
문드러진 팔뚝에 부는 바람
알리 어머니의 지하 통곡소리에 부는 바람

미군 토마호크 미사일도
후세인 王宮의 화장실 순금덩어리 수도꼭지도

아무 말이 없다

기독교와 이슬람 文明이 충돌하는 처절한 강물 사이에서
명멸하는 알리 소년의 슬픈 생명 앞에

神들도 말이 없다

말 타고 고구려 가다

햇살 쏟아지는 대초원 북방 1만 7천리 말 타고 고구려 땅으로 갑시다

동명성왕의 고향인 夫餘로
해모수와 해부루를 찾아서

눈강의 선착장에서 구슬땀을 씻고
부르릉대는 갈색 암말에게 물 먹이고
농업과 목축 어렵을 하던
예맥족을 찾아서

在蘇 동포도 모이고
在中 동포도 모이고
남북한에서도 찾아가
소수민족으로 대우 받는
서울보다 살기 좋은 사이버네틱스 농.목.축.어업화로
세계화의 우리 땅으로 가꿉시다

말갈기를 날리며 요동반도 대초원 옛 고구려 땅으로 갑시다

天女峯神話

天女는 원통해 창자를 꺼내어
소재원 뒷산 소나무에
양지 바른 빨랫줄로 걸었다

天女는 더러운 세월을 빨아서
그 빨랫줄에 널고

날마다 슬픈 풀피리소리로 바랬다

멀리 떠난 고깃배를 기다린다고
뻘밭에 나가 조개를 캐야 한다고
날이 궂으면 귀신 씨나락 까먹는
소리로 들렸다

천 년의 세월이 가고
비가 오나 눈이 오나
소재원 뒷산 天女峯에서
지금도 세월의 빨래질소리가
서럽게 서럽게 들려오고 있다

*天女峯 : 전남 고흥군 금산면 소재원 뒷산 봉우리

五龍山

용꼬리 파도치는 남해안
딩딩한 용두를 맞대고
숲 골골 솟아오른 정상

여기저기 휑뎅그런 둥주리 속
서리서린 운기

용알 굽어살피는
천상에 손 비는 종달새

오룡 눈빛 안에 흑염소도
예사로 노니는 풍요론 안식처

햇살 같은 금산의 윤리가
남쪽의 인심을 낳았구나

*五龍山 : 전남 고흥군 금산면 오룡마을 뒷산을 필자가 이름 붙인 山

바이올린

만삭의 妖婦

의문의 잉태

청중 앞에 심판으로 나타날 비밀의 法典인가

이별의 무늬

가을 들길이 보내주는 등 보이는 코스모스

내 뼈 울음소리로 허공에 무늬지는 꽃가루

아무도 모르리 슬퍼만지는 선홍빛을

가을은 이별의 무늬마저 지우고 가네

해넘이

- 1999. 12. 31. 17시 30분 17초 변산반도 격포채석강에서

언젠가는 나를 울려버릴 것만 같은 불덩이 순정이었습니다

간이라도 빼주고 싶은 사랑

순금쟁반에다 수천만 번을 바쳐도 까딱 않는 눈짓

아래로 아래로만 깔았습니다

눈 소리 몰려오려 바람처럼 울어에는 내 슬픔에

인정사정 없는 침묵의 칼날

뜨거울 때는 언제고
가슴 뛰는 어둠 이불 속에서

벌써 소리 없이 빠져 나가는 몸짓입니다

물든 창호지 떨림으로 구멍난 내 가슴

연으로 띄워

눈썹만하게

내 바다울음으로 꺽꺽 삼키며

연줄 실낱 붙잡고

끊어질까 끊어질까

〈새만금〉 울음 속 개펄처럼 엎으러져 흐느낍니다

*새만금 : 변산반도 간척사업장

제6시집《호수공원》

경기도 일산 호수공원 시 모음

陳乙洲 詩集

지구문학

2008년 지구문학 刊/ A5변형판 양장본, 66쪽

序

　일산 호수공원은 일산신도시 택지개발 사업과 연계해 조성한 국내 최대의 인공호수가 있는 공원이다. 일산 호수공원은 남북을 달리는 자유로 옆에 있다. 이는 북한 동포들에게도 아름답게 보이고 싶은 깊은 뜻이 있는 것으로 안다.

　현대식 고층 아파트 아래로 내려다보이는 호수공원은 전체면적 103만 4,000m², 호수면적 30만m²로 한국 최대 규모로 된 정원 같은 호수공원이다. 1996년 5월 4일 문을 연 일산 호수공원은 그동안 수십 만 명이 즐겨 찾고 있다.

　일산 호수공원은 우리 집에서 도보로 15분 거리에 있다. 호수공원은 내가 자주 즐겨 찾는 곳이다. 보름달을 만나러 가고 초승달을 만나러 가고 그믐달을 만나러 가기도 한다. 철따라 예쁜 꽃이 피고 신록에 이어 녹음이 우거지면 한여름 '음악분수'는 한껏 무더위를 식혀 주기도 한다.

　하늘이 내린 유리사발 같은 호수를 중심으로 산책길과 자전거도로가 아름답게 조화를 이루고 있다.

　맑은 호수 가운데 세워진 월파정 아래에는 이따금 원앙새 부부가 날아와서 다정하게 먹이를 찾고 다닌다.

　산책길을 따라 걷다 보면, 동물원이 있고, 열대지방을 가지 않고도 볼 수 있는 선인장 온실도 있어서 특히, 어린이의 학습원으로 충분하다.

그 뿐만 아니다. 화훼단지를 조성하여 매년 연중 행사로 일산 호수공원에서 꽃전시회와 3년 주기로 세계꽃박람회 등, 다양한 행사를 펼치고 있다. 언제부턴가 조각품도 눈에 띄고, 호수공원 분위기가 날로 발전하고 있다. 이것은 아마도 일산시장의 예술행정성에서 이뤄지는 성과라고 볼 수 있다.

산책길 옆으로 낮으막한 언덕 산이 있는데, 그 산 숲에서 산새들의 울음이 들려오기도 한다. 이 아름다운 일산 호수공원의 수용 능력 또한 수백만 명을 능가하며, 특히 국내 영화사의 촬영장소로도 각광을 받고 있다.

또한 일산 호수공원은 유일하게 중국과 자매결연을 맺은 곳이다. 그 중표로 학괴정을 세워 놓았다. 이처럼 아름답고 역사성이 깊은 일산 호수공원을 어찌 보고만 있을 수가 있겠는가. 부득이 시詩를 써서 남기고 싶은 마음에 이 시집詩集을 내게 된 동기다.

아직까지도 일산 호수공원을 보지 못한 사람들에게 일단 한 번 보기를 권하고 싶다.

2008년 7월

陳乙洲

월파정 月波亭

호수공원에 바람 부는 날은
헛물만 켜고 헐떡이는 월파정 月波亭

소문난 물 속 보름달의 알몸 살빛을
아니 보는 듯 물가에만 돌고 다니는
점잖은 일산 사람들

애견들까지도 물기 냄새에
용케도 코를 벌름거리고만 다니는
부끄러워 못본 척하는 일산 사람들

아무도 모르리
자정子正이 넘으면 달빛이
월파정月波亭의 옷을 벗기고 있다는 것을

*월파정月波亭 : 경기도 고양시 일산 호수공원 수중 소재

학괴정鶴瑰亭

사뿐히 날아앉은 단정학丹頂鶴

치치하얼시市의 하늘과 고양시의 하늘을 잇는
무봉無逢의 하늘빛 아래 깃을 다듬는 부리

자매결연의 번영에
이따금 파닥이는 날갯짓

호수에 흩날리는 눈부신 학괴鶴瑰의 꽃가루

나도 친구와 손 꼭 잡고 앉아
날아온 하늘빛 술잔의 깊이로 나누고 싶은 우정友情

*기증자 : 중국 흑룡강성 치치하얼시 시장 이진동
 시공자 : 중국 치치하얼시 원림고 건축공 정공사
 학괴정 : 호수공원 소재
 치치하얼시 : 중국에 있음

호수공원 가는 길

길가에 쥐똥나무 울타리가 인정스럽게
봄이면 마음 흔드는 향수 내음

초록빛 울타리 속에 점박이 같은 하얀 꽃송이가
사랑을 눈뜨게 하는 곳

여름이면 뙤약볕을 가려주는
플라타너스 가로수가
손잡고 걷게 하고

가을이면 푹푹 빠지는
사랑의 낙엽 주단길이 웃어주고

겨울이면 은세계 첫발자국 문수를 찍어
사랑의 DNA로 복사되어 나오는 길

호수공원 가는 길은
사랑의 건강벨트
춘하추동春夏秋冬 초대하는 소문난 길이다

호수공원의 아침

눈 뜨는 부화장
밤내 쌓아 올린 꿈의 축조

햇살 물거울에 혼빛 비쳤어라

호수

하늘이 내려놓은 유리대접

선홍빛 핏빛으로 비잉비잉
햇살을 물들여

꿈을 퍼 올리는 유리대접

모공의 생기가
꽃 냄새로 피어난다

호수공원 산책로

발걸음 밀고 밀리는
주름살을 펴는 호수의 물결처럼

발걸음 돌고 돌리는
징소리 같은 혈액 순환의 파문波紋

꿈의 연을 띄우는 듯
푸른 하늘의 숨결

땀방울이 번득이는 이마 이마
근육은 수액樹液처럼 오르고

호수공원 자전거도로

자전과 공전으로
태양계太陽界 같은 호수공원 자전거도로

어린이 자전거가 쓰러지면
여울물소리로 가족들의 햇살 같은 웃음소리

다시 시원한 급물살로
눈부신 은륜銀輪의 강물줄기

시계인 양 건강 태엽으로 감긴다

호수공원 백매白梅

가지마다 지난 눈 속 기품 높은 철골鐵骨에
가야금줄 조율調律하는 황진이黃眞伊의 반달 손톱 꽃잎

휘모리로 내리는 눈송이

내 가슴 솔솔 향기로 서성이다
치근대면 스러질 듯 그 눈매

여색女色에 빠지면 세상 끝이 보인다

　　　　　*黃眞伊 : 황해도 개성(송도) 출생

호수공원 홍매紅梅

입술에 떤 홍랑紅浪의 수절守節

호수의 삭풍 같은 남정네의 세월에
가슴 속 매듭 뜨겁게 비치는
산호빛 천리 먼 수심水深

은은하게 묻어난
내 붉은 심장으로 파르르 떨리다

*紅浪 : 함경남도 홍원 출생

호수공원 청매靑梅

고매하신 매창梅窓의 지체肢體 여기 와서 맺었구나

지난 날 뼛속까지 스몄던 그 엄동嚴冬의 향기

유리 서슬 같은 내 사랑의 슬픔에도
천하태평으로 푸르스름한 가슴 북소리

그 살결 어깨 휘어잡고 나 주검으로 입술을 대보다
호반새 날아가 버린 호수공원의 하늘 끝
시방 뼈를 깎는 아픔으로 수면水面 위에 떨리는 파문이 무섭다

*梅窓 : 전북 부안군 출신 기생시인 李梅窓

신록新綠

그렇게도 굳게 지키던 속살이더니

겨우내 깨진 유리날 같은 속앓이로
나목裸木의 임신이었던가

어머니의 만삭은 신춘新春의 태양太陽에
벙글거리는 떡잎 미소

이제야 신록新綠의 아기 울음

온 천하天下의 나목裸木마다 웃음 반 울음 반으로 넘실대는
위대한 어머니의 그 이름
그리도 아팠던 그 큰 고통이었던가

쥐똥나무 꽃향기

내가 호수공원에 화살처럼 달리고 있을 때
쥐똥나무 꽃향기도 나보다 먼저 내 옷에 스며들어 웃고 있다

나는 대낮부터 주정뱅이처럼
쥐똥나무 꽃향기에 취해

헐떡거리는 사냥개처럼 내 옷소매자락에 씩씩거려 보고
쥐똥나무 꽃 울타리 가에
만취 몰골로 흩어져 버린다

철쭉꽃 광장

철쭉꽃이 장미원의 눈치 보며 뽐낸
5월의 잔치마당

애견愛犬들까지 혓바닥 꽃빛으로 헐떡이며 모여든
철쭉꽃 광장

이따금 호수의 낭창거린 물바람이
꽃송이마다 향기를 핥으며 지나간다

왜 이렇게 내 가슴 속마저
덩달아 출렁거리는지

남풍南風이 호수공원을 지나간 후

남풍南風이 넌지시 호수공원을 굽어보면
백매白梅는 벌써 눈 맞춘 비밀을 웃고 있는 판

남풍南風이 호수공원을 지나갔다는 소식이 있기 전에
물레방아 뒷산 남쪽 기슭에선
벌써 개나리 한 가닥 희희낙락거렸다는 서성거림이 퍼져 있는 판

남풍南風이 넌지시 호수공원을 지나간 후
나는 일몰日沒 속에서나마 흔들리는 아쉬움으로
그 남풍南風만을 먼 발치에서 기다릴 것이다

호수공원 공작孔雀

철조망에 감금된
날마다 꿈에 보는 인도의 하늘

물그릇에 기웃기웃
갠지스강 강물소리

밖의 숲을 날으려다 날으려다
몽당빗자루로 부서진 꼬리

나는 운 좋은 그 날
꼬리를 펴고 천하를 제압하는 발걸음을 보았다

천하대장군 지하여장군 天下大將軍 地下女將軍

샛별들도 떠날 무렵
장군들의 손짓 발짓이 살펴지는 천상천하 天上天下

호수공원이 엎드린 채

일산 사람들 천진난만해서 천당이야!
발로 툭 치며 히죽히죽 웃다가 씨나락 까먹는 소리

아랫도리 옷
밤 기러기로 날려버린 달빛 나체 裸體

몸이 말라가는 비밀은 장군들의 철통 같은 소문이다

바람 설치는 호수공원

나 음악 분수대 마당가에 앉아
입바람에 보릿대 끝 앵두를 굴리듯이 분수 물줄기 끝에 내 마음 띄워
꽈리소리로 숨쉬어서 좋다

솟구치는 물줄기 끝에
내 마음 잠자리 날갯짓으로 앉을 듯 앉을 듯 날아도 보고
기품을 받고 싶어져서 좋다

삼복 무더위에 바람 설치면
상쾌한 호수공원에 와야 하리

호수공원에 바람 불면

일산 호수공원에 바람 불면
6.25의 아픔을 달래는 자유로自由路의 길목 되어
따끔 따끔 눈을 뜨고

한사코 무의미無意味한
세계 인류를 대신한 자유自由와 평등平等의 피꽃은
DMZ로 떠난 슬픈 흔적만 남겨 놓고

나는 그 물가에 앉아
호수에 내려앉은 통일의 맑은 하늘을
굽어보고만 있다

푸르름으로 내린 호수공원 하늘

호수공원은 여기 저기 앉아 있고 누워 있는
가족들의 평화로움에
푸르름으로 마음을 닦아내는 하늘을 볼 수 있다

온통 내려온 하늘빛이
눈을 은하수로 씻어서
마음은 오작교로 이어준다

평류교 옆에 내려온 수양버들 가지의 하늘에
나도 내 마음을 걸어놓고 싶다

호수공원 음악분수

돈보다 높이 사는 가족끼리의 행복치수
그 물줄기 높이

손끝이 저리도록 흥분의 물줄기로 치솟는
호수공원 음악분수

밤 은하수로 흐르려 솟구치는 색색 물줄기에
함박꽃 웃음 속 경탄의 박수소리

명예보다 높이 사는 형제간의 행복지수
그 물빛 높이

더위와 스트레스를 녹이는 원탁 음악광장
우리들은 은하수 하늘 위에 오작교를 넘는다

전통정원

대밭 사잇길로 손짓하는 인정스런 곳

아리랑 고개처럼 빨딱 넘으면
휘파람 불기에 좋은 하늘빛이 푸르다

한강 하류 평야지대 '기와지'에서
4,300여 년 전에 농사짓던 곳
자포니카 볍씨가 발굴된 표지판 아래 나는 앉아
담 넘어오는 바람 끝에
옛날이 생각난다

내 고향 사랑채 정원에서 풀 뽑던
어머니의 옆모습이 떠오르고
누님의 웃음소리도 들리는 것 같다

천 년 후엔 나 같은 누군가가 또 앉아 있을까

장미원

아침 햇살에 활짝 피는 사랑의 발성

터지는 카메라 플래시
순간순간에 취하는 향수 내음

잎잎 초록빛 드레스 바람 사이사이로 비치는
황홀한 미모

장미원은
세계를 성性에 눈뜨게 한 마릴린먼로 부활의
발광체發光體일러

호수공원 풀무질 햇살

가만히 보면 한 여름 풀무질 햇살로
호수 위 물빛이 하르르하르르 나비의 날갯짓이어라

시골 장터에 모꼬진 사람들처럼
모두가 헐떡이는 대장장이

해 설핏거려야 파장이 될 것 같다

무더위를 녹이는 물살 회전回傳꽃

푸른 하늘 끝자락 물감이 들라말라
반달꼴 아슬히 그네를 타는 소녀少女와

푸른 호수 위로 물빛이 묻을라말라
반달 곡선으로 날아가는 까치

그 사이에서 바라보던 내 등 뒤 물레방아도
한여름 물살 회전回轉꽃으로 피고 있다

안개 서린 호수

실크 옷자락에 아른대는 살빛

내 발자국소리에
옴찔거리는 수줍음

놀랜 숨소리에
희끄무레 부들대는 이슬방울

바람이 불 때마다
몸은 어쩔 수 없는 문명文明에 노출되는 선정燗情인가

서캐훑이 같은 안개 발 틈 사이로
나 또한 눈빛 힐끗거리는 속기俗氣

끝내 옷을 벗기는 오만한 햇살과
내 어깨 힘이 빠진 흔들림

호수는 끝내 서푼대는 알몸으로 손을 든다

회화나무 광장

키가 크다고 이마를 툭 치고 지나가는
호수공원의 바람기들

촌에서 강제로 떠나온 쓸쓸한 이민살이에
고향을 그리다가 키만 커버린 회화나무 광장

고향 싸리문 앞
개 짖는 소리나
술 참 때쯤 용마루의 수탉 울음소리에
귀를 기울이다 키만 커버린 회화나무 세월

8월의 뙤약볕에 헐떡이는
황백색黃白色 꽃이
오늘도 마음 붙일 곳 없어 바람소리만 심심하다

호수공원 물레방아

호수공원 물레방아는
아날로그 사발시계 속 태엽

뒷동산 숲 속 산까치는
톱니바퀴 소리로 째깍거리고

일산 사람들 시침 분침으로
땀방울 송알송알 시계바늘로 돌고 있다

시간을 보며 돌기 시작하는 사람
일몰을 밟으며 집으로 돌아가는 사람

모두가 일산 호수공원 사발시계 속
부푼 물레방아 물살로 꿈 속에 돌고 있다

호수공원의 낮

불달은 몸을 호수에 담구어낸
태양太陽의 톱니바퀴

공원을 조각하는 끌질소리

호수공원의 밤

내일을 잉태하는 방짜 징소리 같은 어둠

피륙으로 덮두들기는 고운 꿈

휴식의 무대

호수공원의 하늘 끝

신석기시대 자포니카 벼농사를 짓던
우리 선조들의 하늘 끝이
오늘날의 크리스털을 생각해냈었겠지요

지금 자유로를 누비는 다이옥신이
이따금 하늘 끝을 흐리게 할 때마다
'기와지' 때 하늘 끝이 떠오르곤 하는 것을

우리 선조들의 기상은 논 가운데 뜸북이처럼
호수공원의 하늘 끝을 날았었겠지요

*기와지 : 호수공원 전통정원 자포니카 출토지 옛지명

자포니카의 하늘

4천 3백여 년 전 우리 선조들이 자포니카의 벼를
심다가 뭉클한 흙냄새에 허리를 펴고 멀리 바라보던
저 숨소리의 푸른 하늘이 오늘 내가 문득 호숫가에
내려앉아 노는 그때의 숨소리를 듣게 된 이 경이驚異로움
이 또 우리 후손들에게 나처럼 바라보게 될 머언 훗
날의 저 푸른 하늘이 얼마나 경외敬畏로울 것인가를 생각
케 하는 자포니카의 하늘이 오늘따라 눈물이 나도록
신비롭기만 하다

*자포니카 : 신석기 시대 〈기와지〉에서 출토된 볍씨

배롱나무

호수의 물빛 면경面鏡을 자주 보는
도장밥 연지 볼

내 마음 우지직 꺾어놓는 그 야성적 도화살

고향 집 뒷동산
대밭 솔밭 빽빽한 사이에서

늦여름 얼굴 숱해 바꾸는 질투심 같아
내 속 바람기 또 도지게 하는구나

붉으락 푸르락 촌티 나는 정절貞節이
나는 좋더라

미역취꽃

어린이와 애견愛犬 사이에서
고무풍선이 놀고 있는 모습이 예뻐서
부안교 옆에 핀 미역취꽃이 둥글넙데데 웃고 있다

배꼽이 보일 듯한 신식 어머니가 요염하게 핀 미역취꽃에
카메라 셔터만 눌러대는 모습을 보고
가을 햇살이 호수 위에 웃어대며
물빛 채광採光을 깔아주는 정오

나는 의자에 납작 숨죽인 잠자리처럼
젊은 여인의 깊은 눈빛에 녹아들고 있었다

가을 잠자리

그녀의 깊디 깊은 아이섀빛 가을 하늘에
속눈썹을 수 없이 말아올리는 마스카라 가을 잠자리

한 번 말아올리고 거울 보고
뒤돌아서서 둠벙 같은 거울 속 욕심에 빠지고

너는 가을 내내 왔다갔다
하루해를 녹인다

꿈속에서도

기다리기에 힘든
마음은 벌써 중천에 떠 있고

달빛이 웃으면 물춤으로 너울지는 숲

일산 사람들 기러기의 달빛 맞으러
꿈속에서도 부안교의 달빛을 밟네

호수공원의 두루미

심심해서 걷는 것인지
걸어서 심심해지는지

미꾸라지 한 마리 먹고
발길 띄엄띄엄 장서長書의 안부를 쓰고 있다

녹슬은 철조망의 비명 정도로는
하늘도 속수무책이라는 빛깔

오늘 따라 하늘빛에 풀린 내 마음을
철조망 안에 놓고 싶다

평류교 萍柳橋

인기척 썰물에 새벽 개구리 울음소리

평류교 밑 썸벅거리는 부평초
서로 살결 부비며 달빛에 부들대다

개구리와 부평초의 오싹한 사이에 서서
경련을 일으키는 평류교

옆에 모꼬진 미역취꽃도 굽어보고 글썽거리는데
나도 밤 내
개구리밥 담홍색꽃 부평초로 울고 싶다

*평류교 : 일산 호수공원 월파정 뒤에 있는 수중교

부안교鳧雁橋

월파정 물그림자에 놀래
날아가 버린 가창오리

물무늬로 수놓은 금침衾枕
부안교의 허리에 감기는
철없는 보름달

신방인 듯 가쁜 문풍지소리
내 가슴 웬 설렘인가

*부안교 : 일산 호수공원 월파정 앞에 있음

호수공원 일몰

월파정月波亭 해으름 사랑의 연민에
그렁한 일몰이 서녘 하늘 홍도화紅桃花 빛으로 번지다

눈치 빠른 바람기들은
호수 위 달빛 면경面鏡이고

밤 기러기 한 수 더 떠
양귀비 뜨물 같은 홍분을 면경에 싸고 간다

심야深夜의 월파정月波亭 트럼펫소리

심야深夜의 월파정月波亭에서
재즈를 뽑아내던 흑인黑人의 트럼펫소리
아마존 강바람으로 울었다

호수에 쌓여만 가는 트럼펫소리에 뽑히는 명주실 달빛

여기저기서 수군수군
갈대 바람 같은 도깨비 발자국소리가
눈짓을 살피는 듯 싶었다

호수공원 갈대꽃

햇살은 손목을 잡아당기고

늪은 발목을 끌어당기고

바람이 불면 또 운다

호수 위에 흔들리는 수련

칼바람이 일시에 갈대밭 목을 흔들고 나서
수련의 낯붉힌 이마에 입술을 대보다
일체 갈대밭 추한 귓속말 물로 닦아내라 하다

호수 위에서 흔들리는 수련의 공주병에
내가 폭 빠지는 이유를 알 수가 없다

호수공원의 새벽

아이들 눈치레로
어둔 이불 홑청 걷히기에 두수없어라

새벽바람에도 내 얼굴 불달다

근육을 다지는 달굿대질

호수공원 숫눈길

눈 덮어버린 막사발 호수공원 숫눈길

백서白鼠 같은 강아지가
빨강 스리피스로 무장된 비대한 소녀를 끌고 달린다

백매白梅 꽃송이 같은 강아지 발자국을 피해 가는
운동화 발자국 소녀少女의 마음이
내 마음 속에서도 설화雪花로 피고 있다

호수공원 꽃샘잎샘

하늘과 호수가 계절을 시샘하는 빛의 틈새에 끼어
섬뜩 밀려오는 봄의 칼날

내 봄 스웨터의
성급한 목 단추도
세트포지션으로 사르르 떨다

호수공원은 시방 화려한 무질서 상태

달맞이섬

달맞이섬에 오면
억새꽃이 갈대꽃 손목을 잡고
늪에서 육지로 끌어 올리는 사랑을 배울 수 있다

여기는 사방에 널려 있는 자연의 비밀이 숨어 있는 곳

나도 달맞이 섬에 오면
눈 딱 감고 둥근달을 가슴에 안아버린다

눈 내리는 호수공원

눈 속에 묻히는 큰 백자白瓷 항아리

눈은 내려서 항아리에 쌓이고
시간은 눈을 재촉하고

사람들이 항아리의 시계時計바늘로 돌면
눈은 시간보다 더 쌓이고
사람들이 시계바늘 반대로 돌면
눈은 시간을 항아리 속에 묻어버린다

눈 속에서는 하늘보다 더 큰 항아리의 입

애견愛犬과 함께 백목련꽃 발자국을 내는 사람들

호수공원은 눈을 퍼붓는 대로 삼키는
욕심 많은 을유년乙酉年의 적설량

호수는 보면 볼수록 눈 속에 파묻히는 백자白瓷 항아리

달빛 철벅대는 호수

울어마이 이마에 물동이 새벽 숫물 찰싹거리듯이
밤마다 달빛이 철벅대는 일산 호수

울어마이 이마를 빼다 박았다는
내 이마에서 그때의 숫물 같은 달빛을 씻어본다

울어마이 생각에 빠진 슬픈 내 눈시울에서
달빛이 한없이 선뜩거린다

볍씨출토기념비

한강 하류의 젖줄
어머니의 겨드랑 땀냄새 풍기는 민족문화의 평야지대

신석기 때부터 농경생활 중심지
'기와지'에서 출토된
4천 3백여 년 된 보석 같은 볍씨

한반도 최고最古의 자포니카 쌀 재배지였음이
샛별처럼 뜬 위엄

내 몸은 온통 그때의 뙤약볕으로 타고 있었다

　　　　*기와지 : 호수공원 전통정원 부지

잔설 殘雪

누가 흘리고 떠난 흰 목도리 한 자락

하늘의 흰구름 그림자가 뒤돌아보고

아직도 목이 시린 햇살이 기웃기웃 손짓이다

들켜버린 달빛 호수

새벽녘 호수공원 조기운동에 나서면
보름달이 내려와 놀다 호수 품속에 안기는
그 간사스럼이 내 눈에 들키다

나는 왜 내게서 숲 산봉우리로 넘어가 버린
달빛 같은 그 얼굴이 떠오르는지

절하는 사람 Boing People
– 1997 김영원

"앉아서 보십시오"

영원永遠의 끝이 보입니다

유고시집《송림산 휘파람》

진을주 유고집

송림산 휘파람

지구문학

2013년 지구문학 刊/ A5신판, 292쪽

최고의 詩仙길 가시기를

당신은 詩를 사랑했습니다.
온 몸으로 詩를 사랑했습니다.
어쩌다 좋은 詩를 보면,
무릎을 탁! 치면서 "하아! 기막히네"
빙긋이 웃으며 기뻐했습니다.
또 좋은 詩를 모아 따로 小册子로 〈詩集〉을 만들어 밤낮으로 읽고 또 읽
었습니다. 눈이 무르도록 책갈피가 해어지고 닳도록 손에서 놓지 않았습
니다.

당신은 詩가 친구였습니다.
아니, 애인이었습니다.
어느 애인이 그토록 붙어 다니리이까.
詩에 대한 熱情과 愛情은 감히 그 누구도 따를 사람이 없었습니다.

당신은 사람을 사랑했습니다.
패기 넘치고 굵직한 男子의 線보다는
여리고 秘密스런 女子를 더 사랑했습니다.
그래서 그토록 아름다운 詩가 많이 탄생하였는지도 모릅니다.

파도소리 귀울음으로 잠을 설치고,
짓무른 눈 때문에 TV도 시청할 수 없을 때,

문득,
"따뜻한 봄에 죽었으면 좋겠다"고
당신은 그렁한 사슴 눈빛으로 말했습니다.

가슴 뭉클하던 그 날이 아직도 생생합니다.
그 두어 달 남짓 후,
2011년 2월 14일 0시 1분,
당신은 享年 85세를 一期로 願하시던 따뜻한 봄 길을 떠나셨습니다.

이제,
유고집을 정리하려니 정녕 목이 멥니다.

유독 여행을 즐기시던 당신!
지금쯤 〈나이야가라 폭포〉 앞에서 은빛 명주실 같은 詩 한 편 뽑아들고,
또 내일은 〈이과수 폭포〉를 향해 떠날 채비를 서두르고 있겠지요.
훨훨 다니면서 보석 같은 詩心을 만인의 가슴에 영감으로 남기소서.
그리하여 영원히 멋진 詩人으로 최고의 詩仙길 가시기를 바랄 뿐입니다.

파주 그린 홈에서 아내 始原

송림산 휘파람

휘파람소리
귀신같이 알아낸 송림산의 봄

능선마다 허리끈이 풀렸네

내 동갑 朴得培는
휘파람 사이사이
낫자루로 지겟다리 장단 맞추고
나는 지겟가지에 용케도 깨갱발 쳤지

하늘은 봄을 낳은 산후의 고통
보릿고개 미역 국물빛 울음 반 웃음 반이었어

휘파람소리는 황장목 솔바람에
송진을 먹였네

*松林山 : 전북 고창군 상하면 송곡리 소재, 저자 생가 뒷산

귀울음

내 귀는 암벽
파도로 일어서서 암벽에 부딪힌 지 오래다

오늘 아침에는 폭풍으로
암벽을 부수는 바람에 잠을 번쩍 깼다

가슴은 슬픈 해안선이 되어
무섬증으로 눈물이 난다

첫눈

폴폴 내리는 추억의 꽃잎
어느새 裸木에 하얗게 피었구나

어린이들의 흥분제
어른들의 추억이 폴폴 내리는구나

어느새 山에 들에
天使들이 야단이다

추억의 이야기가 꽃으로 피고 있다
市內는 모두 흰옷으로 갈아입고

까치집

공포와 안도의 위험한 사이
포스트 모더니즘 건축설계

한 층 위는 안도
한 층 아래는 공포

구렁이 입맛 풍기는
한 칸 딛고 또 한 칸 위로

위험한 포스트 모더니즘 설계

소나기

빗방울의 폭격
우리 집 유리창은 한 때 하와이

드디어 일어서는 폭풍
유리창의 진동

하와이 목격자는 지금 고이 잠들고 있을까

양철대문이 활짝 열려 있는 집

시골에 갔더니
마루에 할머니가 졸고 있고
텔레비전은 혼자서 흥이 나 있다

아들 딸 서울로 떠난 그 자리에
제비 날아와 집을 짓다가
빨랫줄에 앉아 찢어지게 꽈리를 분다
마당가 고추밭에는
꽃뱀이 지나가는 정오

청계천 강아지풀길

강아지풀잎이 바람에 청계천 물을 찍어
붓끝으로 아우성이다

달리는 어린이들의 청계천 8월의 미소는
벌써 알고 있는 꿈길

어느 사이에 어린이들은 神童이 되어
청계천 강아지풀길이 머릿속에

인쇄되어 가고 있는 畵幅

제2의 눈물

너는 타다 남은 뼛속 烏石의 석간수

─인디언의 눈물

아직도 지구의 도처에서
제2의 눈물은 흐르고만 있다

*제1의 눈물 : 인디언의 눈물

禪雲寺의 쇠북소리

山寺의 쇠북소리에
마당가 雪中梅 빙긋 웃고
罪와 罰은 일시에 유리알로 맑아라

禪雲山心이 내려와
大雄殿 앞 토방 위에
하얀 고무신을 벗는다

당간지주의 옛터에
뙤약볕 깔리고
오가는 사람 너나없이 佛心일레

호랑나비의 장미꽃

봄 허리엔 호랑나비 팔랑팔랑 앉아서
긴 콧수염으로 장미원 꽃잎을 안았다

갖가지 나비의 천국
호랑나비의 카메라 렌즈의 추적

장미꽃이 취했는가
호랑나비가 휘청거리는가

온통 꽃밭은
삽시간에 엎어졌다

불타는 가뭄

논밭만 보면 기와지붕인 양 불길이고
바람만 불어 더욱 울리는 農民들

하늘은 종이처럼
바스락거리는 소리로
타들어가는 農作物

들녘 우리 아버지
하늘만 바라보고
가슴 타는
담배연기

하늘과 땅 사이
눈물이 불길로 타고 있다

대문 앞 때죽나무

고향집 대문 앞 세 아름드리 때죽나무
100년 넘은 우리 집 어른이시다

비바람 눈바람 막아 주시는 몇 대 위 守護神이다
우레 천둥 벼락까지 막아 주시는 집안의 어르신이다

동지섣달 뼛속 울음소리로 집안이 흔들리고
외양간 황소도 따라 울었다

어느 핸가 잘려 나간 후 신주단지도 박살나고
6.25가 지나고 집안은 풍비박산이 되었다

지금 비어 있는 집안은 귀신소리만 으스스하고
쥐새끼 한 마리 보이지 않는 흉가로 눈시울이 뜨겁다

그러나 이런 집안에서 외손까지
대문 앞 때죽나무 뿌리가 陳灘의 후손인 文士가
아홉 명을 낳게 하여 눈물을 마르게 한다

장독대 항아리 열쇠는 봉선화 손톱

어머니와 누님 손톱에 봉선화 빨갛게 물들인
장독대

보름달이 지나도 반달 손톱으로
열었다 닫았다 잘도 한다

내가 장독대 뚜껑을 열다
팟싹 깼다

장독대 열쇠는 봉선화를 키운
반달 손톱인 것을 알았다

봄비

이마에 튀기는 봄비소리
손바닥으로 씻었더니
샛푸른 물감이 손바닥에 묻어나는 듯

발아래선 연푸른 새싹이 밟힌다

보도블록 사이를 뚫고 나온 속잎
봄비를 맞이하는 그 힘 기 찬 속잎

봄비는 새 생명을 내리고 있다

文化
– 오동나무와 붙박이 사이

큰 누님 낳을 때 심은 오동나무
작은 누님 낳을 때 심은 오동나무

시집갈 때 장롱 짜기 위한 아버지의 식목일
아무 쓸모가 없어져 버린 세상

붙박이나 옷방이 밀어낸 문화
식구들 소파에 앉아 벽에 붙은 텔레비전 보기에 바쁘다

대문 앞 오동나무는
제철 찾아 落葉으로 떨어지고 있다

제비

숨 쉬는 화살
어디 가서 꽂힐 것인가

빨랫줄에 쉬었다 가거라
우리 어머니 바지랑대도 있고 하니

꽈리도 불고
우리 집 처마에 집터를 삼으면 어떠니

쪽 빠진 숨 쉬는 화살
연미복이 곱구나

仁川空港

산지사방에 만발한 꽃향기
벌통이 귀가 시끄럽다

내 날개 밑에 꽃가루를 감독하는
눈썹이 예쁜 감독 암벌 한 마리
갖고 싶다

雪花

폴폴 내리는 雪花가
어느새 세상을 한송이 꽃으로 덮었다

어릴 적 童話로 돌려보내는 世上
모두 어린이의 세상

집밖으로 나와 童話를 읽고 쓰고
雪花의 세상 말고 아름다움이 또 있을까

온 세상의 어린이마다 雪花로 피고 있다

버꾸춤

德培의 버꾸춤 솜씨야 天下第一

젊은 신촌댁 옆으로 돌 땐
버꾸춤도 높이 돌아 유달리 멋들어져

함박꽃 웃음도 간드러지게 휘돌다

버꾸채와 함박꽃 웃음 사이에서
징소리도 송림산을 더욱 요란하게 울린다

호랑나비

호랑이 낮잠 깬 눈썹
방금 아프리카에서 보내온 배고픈 郵票

온통 꽃밭엔 膜質 날개 가루 풍기고
긴 대롱 말아 올린 채
벌렁벌렁 도망가는 슬픈 흰나비 떼 숨결

알겠다
密林地帶의 王子 호랑인 것을

떴다 감았다 그 눈썹 호랑나비

蘭

너는
습도와 太陽系

바람이 불면
자르르 흐르는 微笑와 어깨춤

수줍은 속곳도 보인다

꽃대궁 보인다

落花

교문 앞
벚꽃 아래 尹 선생의 落淚에 떠내려가는 落花

나는 제2국민병 영장을 들고
落淚
落花

兩岸을 스쳐 나오다가 몸을 던진
자살 같은 내 눈물의 落花빛 탈영은 지금도

내 등 뒤에서 있었던 그 슬픈 강물의 水深을 알 수가 없다

송림산

四寸 二澍兄과 내가
문전옥답 짚북데기 위에서 柔道를 배우던 그 때

兄은 나를 볏섬처럼 내동댕이쳤고
먼지 같은 봄 아지랑이는 송림산에 아롱대다

엎디면 코 닿는 송림산에 올라가
日本軍 항고飯盒에 밥 지어 먹고 놀던 산

봄 아지랑이와 솔가지 불잉걸로
二澍兄과 나와의 柔道 연습처럼 타올랐던 산

그 山은 작은아버지 산소가 되어
젊은 작은어머니는 날마다 앞산에 올라가

소쩍새 울음처럼 핏빛이었고
우리 둘도 눈물 그렁그렁 흐느껴 울던 송림산

지금은 일가친척도 산소도 다 떠나 버린
솔바람소리만 남아 너무나도 슬픈 내 고향 산

*송림산 : 전북 고창군 상하면 송곡리 소재

우리 아버지

사랑채 정원 짜구대 나무를 넘는
분수대 앞에서

우리 아버지 흰 두루마기 자락에
보듬겨 찍은 사진 한 장

우리 아버지는 웃으시고
나는 뛰때

지금은 왜 눈물이 날까

어머니

당신은 人類의 가슴에 피는 사랑의 꽃

세상 사람들이 쏟아내는 詩

기쁠 때나 슬픈 때나 심장이 미어집니다

不孝를 생각하면 山의 정상을 오르내릴 〈시지프〉의 생각

세상에서 詩의 고향은 당신뿐입니다.

나뭇가지에 찢긴 조각달

낙엽을 울리는 이 가을

裸木들의 눈빛 그렁한 손짓손짓
뒤만 돌아보며 定處없는 발길

가을은 그렇게
마음 아픈 곳만 파고드나 보다

내 마음
裸木 가지 흔들어

조각달을 풀어다가
낙엽과 손 꼭 잡고 걷게 하였으면

우울증

한파에 몰리는 草木
서서히 피 마르는 소리

바람에 뒹굴고
밟히고 채이고

끝내 토양으로 부식되는
공포로운 낙엽

山

우람한 어머니
모든 動植物을 가꾸는 품

春夏秋冬 太陽의 거울
품속을 노출시키는 사랑

巨視的 微視的 사랑 가득하여라

코스모스

가을 하늘을 닦고 닦는 들녘의 코스모스

서로 化粧발을 바라보고 소곤대며 웃고 또 웃고

앞가슴을 열었다가 뒷모습으로 돌아섰다가

실수하기 좋은 열여섯 少女의 꿈

아무에게나 웃어주는 그 純情

능사

왜정 말 무렵
仁鐵이 안사람이
동네 里長하고 몸을 섞었다는
소문난 몸짓 같은 능사

내 친구들이 달려들어
돌을 던졌다던 그

仁鐵이 안사람은
요리조리 동네 고샅길을 예쁘게 빠져 다녔다

나는 능사가 나온 동네 고샅 흙담에 기대고 서서
仁鐵네 안사람 편이 되었다

내소사 전나무 숲길

2백년의 사랑이
길게 누워 있는 늙은 전나무 숲길

아직도 내외법 연둣빛이
서로 뒷걸음질에 놀랍다

닿기만 하면 서울 큰애기들의 등산복에
물감이 튀어 박힌 듯

하늘빛이 조심스럽게 지키고 있는 모양인지
연둣빛 사이사이로 눈빛 햇살이 총총거린다

전나무에 내 양심을
걸어놓고 싶은 숲길

*내소사 : 전북 부안 소재

어머니와 감자

서산에 걸린 해가
길기도 한 오뉴월 하룻길에

내 어머니가 그리워서
눈시울이 뜨거워지는지

서산을 넘는 하루해가
가슴팍에 안긴 어머니의 감자 빛에

어머니의 손끝이 파르르 떨림을 보았다

어머니는 감자바구니를
자꾸만 밀어주는 눈시울이 마알갛고

나는 철없는 미소를

지금 생각하니
보릿고개 우리 어머니의 눈물인 것을

진을주 詩人의 文學과 人生

신 규 호
(문학평론가)

1. 행복과 명예를 아우른 예술인

일찍이 당唐나라 두보杜甫는 '人生七十古來稀'라고 읊었거니와, 이를 실증이나 해 보이듯이 그 자신은 환갑도 못 살고 타계하고 말았다. 이처럼 평범한 인간으로서의 행복과 시인으로서의 명예를 아울러 누리기란 그리 쉬운 일이 아니다.

그런데 1927년 전라북도 고창군에서 태어난 陳乙洲 시인은 이 행복과 명예를 다같이 누린, 보기 드문 행복한 사람이다. 본명이 '을주乙澍'인 그는, 군내 상하면 송곡리 69번지에서 태어나 무장면에서 유년시절을 보내고, 전북대학교 문리과대학 국문과에 입학하여 수학중(1949년)「전북일보」에 작품을 발표함으로써 문인의 길을 걷게 된다.

대학 졸업 후, 전라북도 도청에 근무하면서 시작 활동에 힘써 1963년 당대의 유일한 문예지라 할 『現代文學』의 추천 이래 수많은 명시를 발표하였고, 첫시집 《街路樹》를 비롯하여 《슬픈 눈짓》《사두봉神話》《復活節도 지나버린 날》《그대의 분홍빛 손톱은》 등, 여러 권의 시집을 냈으며, 그 중 좋은 시들은 외국어로 옮겨져 해외로 소개된 것이다. 1인집으로는 《M·1 照準》《跳躍》《숲》《鶴》 등을 펴냈다.

이러한 시작 활동은 당연히 문학상과 이어져 《사두봉神話》로 '한국자유시인상'(제2회), 《부활절도 지나버린 날》로 제1회 '청녹두문학상', 《그대의 분홍빛 손톱은》으로 '한국문학상'을 받은 것이 그것이다.

또한 문단 활동에도 적극 참여하여 우리나라 문학 전반에 걸친 발전에 기여한 바도 적지 않으니, 한국문인협회 이사・국제PEN클럽 한국본부 이사・한국자유시인협회 부회장・월간 『문학21』 고문・21민족문학회 부회장 등을 맡았으며, 『세기문학』 전회장을 맡은 바 있고, 현재는 『지구문학』 고문으로 있다. 문학단체로는 『한국민족문학회』 상임고문, 『세계시문학연구회』 상임고문을 맡아 육성하고 있다.

그런가 하면, 그의 대표적인 〈茂長土城〉이 서울대학교 음악대학 황성호 교수의 작곡으로 국립합창단의 제74회 정기공연을 가지게 된 것도 명예가 아닐 수 없다(1996. 10. 31~11. 1 : 국립중앙극장 대극장).

뿐만 아니라 이 시가 조각가 김수현金水鉉의 설계와 서예가 평강平岡 정주환鄭主煥의 글씨로 새겨져, 고창군의 예산으로 고창문화원에 의해 그의 고향인 무장면 성내리에 세워짐으로써 문자 그대로 향토의 종합예술을 이룩하고 있으면서 '문학의 해'도 아울러 기념하고 있었다는 사실이다.

그의 인품에 대해서는 일찍이 시인 신석정辛夕汀이 아래와 같이 평가하고 있는 바, 본디 성격이란 쉽게 변하는 것이 아닌 점을 감안하면, 대시인의 평가가 현재에도 다름이 없을 것임을 짐작할 수 있겠다.

을주乙洲는 인간人間으로 사귀어 겪어 보고, 시학도詩學徒로서 눈여겨 살펴본 지 여러 해, 이날 이때까지 호말毫末의 속취俗臭도 내 눈치채 본 적이 없다.

그리고 수필가이자 문인화가인 부인 김시원金始原 여사도 함께 예술계의 반려가 되고 있음도 특기할 만하고, 슬하에 1남 2녀를 두고 있음도 단란한 행복을 여실히 말해 준다. 더군다나 1997년 10월에 고희古稀를 지냈으면서도 '옹翁'이라고 부르기가 무색하리만치 건강하니 실로 하늘이 내린 선택 받은 인생이라 아니할 수 없다.

2. 시인의 탄생과 첫시집《가로수》

시인으로 탄생한 진을주의 약 3년 간의 시창작의 특색은 1966년에 발간한 첫시집《가로수》의 수록 작품을 보면 쉽게 짐작이 간다.

'가수장' '부도장' '하늘장' '고향악장' 등, 4장으로 나뉘어 수록된 30편의 시작품은 시인 자신이 '4.19 전후하여 지금까지의 것'에 해당되는데 (미발표의 것도 수록한 시집), 한 마디로 말하면 시인 자신을 포함한 많은 동포들의 가슴속에 웅어리진 감동을 효과적인 기법으로 표현함으로써 '품격' 있는 '멋'을 드러내었다고 할 수 있겠다.

먼저 등단 작품〈부활절도 지나버린 날〉을 읽어 보자.

비는/ 부활절도 지나 버린 날/ 그윽한 木蓮 하이얀 향기에 젖어/ 납처럼 자욱하니 잘린다// 비는/ 어머니 마지막 떠나시던 날/ 그리도 열리지 않던/ 성모병원에/ 보슬보슬 나린다// 비는/ 드높은 성당 지붕에 나란히 앉아/ 깃을 다듬는 어린 비둘기들의/ 발목에 빨가장이 나리고/ 구구구 주고 받는/ 비둘기의 이야기도 젖는다// 비는/ 부활절도 지나버린 날/ 미사포에 합창하고 거닐던/ 어머님의 발자욱에도 나리고/ 영혼보다 고요히 서 있는/ 십자가에 젖어 머언 강을 생각한다// 비는/ 부활절도 지나버린 날/ 어머니를 생각하는 내 가슴에 나리고/ 겹쳐오는 어머니의 얼굴을 가리고/ 끝내는 하늘과 나를 가리고/ 비는/ 나리고 있다

– 〈부활절도 지나버린 날〉 전문

억장이 무너지는 슬픔을 직설적으로 토로하는 대신 절제하여 안으로 삭이면서, 부활의 기회가 지나간 시점의 비 내리는 배경을 효과적으로 선정하였을 뿐만 아니라 전 5연을 '비는'으로 시작하고, '～ㄴ다'는 동사의 현재형으로 끝내면서도 단조로움을 극복하기 위해 마지막은 매듭 직전에

'비는'을 한 번 더 반복하여 단조로움을 깨뜨린 형식면의 장치와 내용면의 강조를 아울러 이룩해 내어, 어머니에 대한 슬픔을 배가시키는 데 성공한 것이다.

이런 특징은 〈가로수〉로 인계되나 앞의 작을 그대로 답습하지 않고, '사슴처럼 뿔이 있어 좋다'는 내용을 수미쌍관시키고, 그 중간은 '~보다 ~이 좋다'는 형식으로 대부분 통일시키는 새로운 방식을 창안하였다.

뿔이 있어 좋다./ 그리운 사슴처럼 뿔이 있어 좋다.// 褪色한 나날과/ 褪色한 山川을/ 사비약 눈이 나리는 날/ 나려서 쌓이는 날,/ 가로수 내린 길을/ 두고 온 故鄕이 문득 가고픈/ 겨울보다도,// 어린 사슴의 어린 뿔 같은/ 고 뾰죽한 가지에 樹液을 타고 나온/ 파아란 새싹으로 하여,/ 大地의 숨결을 내뿜는/ 봄의 가녀린/ 서곡보다도,// 등어리가 따가운/ 볼이 한결 더 따가운/ 그보단 숨이 막히는 더위에/ 짙푸른 혓바닥을 낼름거리며/ 그 할딱이는 여름의/ 肉聲보다도,// 안쓰러운 가로수의/ 體溫이 스몄을 落葉을/ 구루몽처럼 밟으며/ 너랑 걷다가/ 해를 지우고 싶은 가을은/ 아아 진정 서럽도록/ 즐거워라.// 가로수는 뾰죽한 뿔이 있어 좋다./ 뿔을 스쳐 오고 가는/ 계절의 숨소리가 들려서 좋다.

　　　　　　　　　　　　　　　　　　　　　　　　　　　　　　　　- 〈街路樹〉 전문

이 시에서는 '서럽도록 즐거워라' 같은 역설적 표현이 나와 훗날의 '슬픈 눈짓'을 시사해 주는가 하면, '서정적 자아' 말고도 '너(랑 함께)'가 더 등장하여 작품의 폭을 넓히어 시인의 시선이 자신 아닌 타인으로 확대돼 나가는 '不渡章'의 징검다리 역할을 해 주는데, 작시에서의 형식적 조건을 중시한 데서 일찍이 율시律詩의 최고봉이라 일컬어진 저 두보의 작시법과 겹쳐지는 데가 있어 보인다. 시인의 시선은 〈거리의 소년〉이나 〈곡마단 소년〉에 와서는 사회, 특히 어려운 처지에 놓인 나약한 이들에게로 쏠림으로써 〈석호리〉〈병거행〉 등을 통해 어려운 살림에 시달린 백성들에게 한없는 눈물을 쏟았던 두보에게로 내용면에서도 접근하게 된다.

太陽의 포옹에 숨쉬는/ 수세미 같은 少年/ 파리한 얼굴보다도/ 더욱 진한 / 깡통 슬은 녹 가루가/ 이슬비 나리듯/ 깡통 속을 나리는 시간.

– 〈거리의 少年〉 1연

피 빨아 울리는/ 트럼피트 소리에/ 宣傳畵幅이 물살처 흐느끼고/ 賣票口 에선 시나브로/ 少女의/ 여생이 매매된다.// 기름진 말채 끝에/ 少女는/ 뼈 를 녹였어도/ 아직도 오싹한 간짓대 끝/ 피를 말리고,// 찢어진 天幕 사이/ 물감 같은 하늘색/ 少女의/ 生命처럼 멀기만 하다.   – 〈曲馬團 少女〉 1~2연

이 시인의 시선이 머문 곳이 타인—그 중에서도 불우한 소년·소녀였다 는 사실은 그가 자신만의 문제에 몰두하지 않고, 여러 계층에 관심을 가진 것을 입증해 주는 점에서 민족적 의의가 있다 하겠다.

시인의 펜이 사회적인 측면을 파헤친 것은 '광장마다 빛깔 좋은 공약公約만이 난무亂舞하고 있었다'는 부제를 단 〈不渡手票〉와 〈誤字가 茂盛한 거리〉가 그 대표적이라 하겠다. 후자의 일부를 인용한다.

각혈한 太陽이 남기고 간
붉은 노을 아래
蒼白한 마리아가 營養失調에
떠는
聖堂 지붕 위엔
비둘기도 모여 앉아
不吉한 호곡을 외운다.

이승도 저승도 아닌
始初도 終末도 아닌
誤字 투성이의 거리에

高層 建物들이 密集한
숲길을 찾아
사치스러운 良心을 반추하면서
地球가 도는 餘白에
〈爆竹이여!
　　　　터지는 새벽이여!〉
내 멋진 주문을 외우는
曠野 같은 거리에
또 눈발이 비친다.

- 《誤字가 茂盛한 거리》 중에서

'마리아'와 '비둘기' 조차도 맥을 못 추는 잘못 돌아가는 세태가 '오자투성이'로 은근하면서도 눈에 선하게 떠올라, 도시를 광야로 만들어버린 삭막감이 효과적으로 그려져 있다. 그러기에 신석정이 《가로수》의 '序'에서 아래와 같이 말한 것은 진을주의 타고난 시재詩才를 인정한 것이었음을 단적으로 말해 준다.

인생人生하는데 '멋'을 부리되 몸치장으로 섣불리 덤벼드는 무뢰한無賴漢이 있는가 하면, 詩에 종사하되 흡사 레슬링선수처럼 악다구니를 쓰는 사이비似而非 새치기가 있다. 이는 천부적天賦的으로 갖추어야 할 인간으로서의 격格이 모자람은 물론이요, 후천後天에서는 갖춰야 할 교양敎養조차도 모자라는 데서 오는 결과結果로서 모두 치유治癒하기 어려운 것들이리라.

'멋'이란 미세微細하게 움직이는 동작에서도 추호의 부자연不自然도 수반隨伴되지 않는 데서 풍겨야 하는 것은, 마치 가는 바람에 사운대는 꽃잎을 타고 흘러오는 향기처럼 지녀야 할 것이요, 더구나 詩에 종사하는 사람이고 보면, 태연자약泰然自若하되 의젓하기 거악巨嶽처럼 고고孤高한 자세로 임해야 우러러볼 맛이 있을 것이다.

- 신석정 시인의 '序'에서

3. 비애감과 연민의 정

칠순을 넘긴 이 시인은 해를 거듭함에 따라 창작의 기법이 무르익어 내용면의 탐색보다는 그 기교면을 십분 살려내어 '모더니즘적인 수법의 세련을 거치어', '인생과 자연에 대한 참신하고 투명한 인식'에 주력하였으나 말년에는 이미지즘에 치중하고 있다.

그러나 나이를 더해감에 따라 작품세계에 있어서 비애감이 더하고 연민의 정이 짙어져 갔다. 《M·1照準》《跳躍》《숲》《鶴》등의 1인집을 거쳐 발표한 시집 《슬픈 눈짓》(1983)은 그 좋은 예이다. 표제작 〈슬픈 눈짓〉을 읽어 보자.

　　　　1

뜨거운 내 가슴 속에/ 그리도 물살치던 그 속눈썹/ 그 파아란 櫓,// 지금은/ 흔들며 아스라이 떠나가는/ 싸늘한 기폭이여라.// 글썽한 水平線에/ 뉘엿뉘엿 거리는/ 소리 없는 뱃길.// 끝간 데 모를/ 바다 위 어느 하늘가에 떠버린/ 가뭇한 속눈썹/ 한 낱이여라.

　　　　2

으스스 갈대바람 일고/ 벌써 가을비를 몰고 온 기상대의/ 기폭의 그림자./ 遠雷로 스러져 간 뒤 끝.// 꿈속 같은/ 머언 海岸線에서/ 매섭게 불어오는/ 희끗희끗한 눈발이여라.// 맥박을 가늠 없이 흩어 놓고/ 기억은 눈시울진 물살 속으로/ 차꼬만 달아나고,// 어느 낯설디 낯설은/ 산모롱이에/ 눈시울 뜨거워오는 日沒이/ 오고 있다.
　　　　　　　　　　　　　　　　　　　　　　－〈슬픈 눈짓〉 전문

50고개를 넘어 60을 향해 나아가는 그에게는 자신의 심정이 반영된 듯, 모든 것이 슬프게 보여오는 것이었다. 이러한 이 시인의 일련의 작품을 '비애의 미학'이라 명명한 평론가 채수영은 이 시에 대해 아래와 같이 적고 있다.

…… 그렇다면 진을주가 보내는 슬픈 눈짓은 거 버리는 것에 이어오고 있는 것이 '일몰'이라는 어둠의식에서 슬픔이 남고, 그 슬픔은 지금까지 살아온 안쓰러운 기억들이 융합되어 통합되고 있다. 다가오는 일몰이란 이 세상과 단절을 암시하는 이면에서 시인의 슬픔은 명사적이다. 낯설디 낯설은 일몰이 산모롱이를 돌아 자기 앞으로 다가오고 있다는 생각에서 '눈시울 뜨거운' 이별이 아픔으로 살아난다. 이로 보면 진을주는 정의 시인이고 어찌 보면 너무 여린 데서 오는 슬픔이 시인의 의식세계를 과도하게 지배한 듯하다. 어느 때나 시인은 현실에 적응할 방도를 찾지 못하는 슬픈 사람이다. 살벌한 현실을 진실의 눈으로만 바라보는 시야에 살기 때문에 낙오된 걸음으로 망연할 수 밖에 없는 존재다. 진을주의 총체적 표정은 '슬픔'에서 조용한 정관의 세계를 이룩하는 비극쪽에 다가간 시인이다. 그것도 질축거리는 비극이 아니라, 명상적인 슬픔으로의 황혼의식이다.

– 채수영의 '해설' 중에서

그러나 시인의 이러한 슬픔은 미구에 '고향'에 대한 그리움에 의해 승화되는 것이다. 그 고향은 시인이 태어나 자란 실제의 고향은 물론이고, 한걸음 더 나아가 같은 겨레로서의 정신적 고향을 포함하여 마침내는 인류의 고향으로까지 지향하게 되는 곳에 그의 고향의식의 특색이 있다.
〈향수鄕愁〉는 그 첫번째의 경우이다.

時間은 잠이 들고
별들이 반짝이는 밤.
…(중략)…
腦裡엔
靑瓷 항아리처럼
그리움이 고인다.

結果가 없는 실성한 波濤만이
마음의 바다에 찰싹인다.

어릴 적 둥주리를 잃는 가슴 속엔
한 가닥 물빛 하늘이 흐른다.

- 〈鄕愁〉 중에서

한편 〈공작孔雀〉이나 〈금관金冠〉〈광화문光化門〉 등은 두 번째 범주에 드는 작품들이다. 가운데 것을 인용하자.

億兆蒼生의 가슴마다/ 파르르 단 하나로 물살지는/ 공포론 腦裡의 눈부신 太陽.// 언제나/ 머언 左右론/ 꿈틀대는 靑龍 비늘과/ 으르렁대는 白虎의 털.// 몇 十里 밖에선/ 찬란하게 비쳐오는/ 後光.// 밤하늘의 별밭 같은/ 滿朝百官의/ 옥관자/ 금관자/ 무겁게 머리 짓누르고.// 朝廷엔/ 금빛 海溢/ 天下를 넘쳐라.// 그 榮華/ 時空을 초월한/ 無量의 풍악소리여……/ 무한의 孤高함이여……

- 〈金冠〉 전문

세 번째 부류에 대해서는 뒤에 가서 다시 논의하기로 하겠다.

4. 《사두봉神話》의 수집과 시적 표현

진을주 시인이 실제의 고향에 대한 사무치는 그리움을 끈기있는 자료수집과 뛰어난 예술적 표현으로 완성한 총 61편의 연작시가 바로 《사두봉神話》이다.

신화·전설은 흔히 산문으로 적히는 것인데도, 이를 고도의 능력이 요망되는 운문으로 표현했다는 것은 여간 어려운 일이 아니어서 이 시인의 시작 능력이 유감없이 발휘돼 있다. 방대한 자료 발굴만으로도 민족문화 창달에 큰 보탬이 되는데, 하물며 고도의 생략적 능력이 요구되는 시적 언어로 표현한 것은 멀리는 호머가 《일리어드》·《오딧세이》를 운문으로 표현한 것이나 가까이는 저 푸쉬킨이 소설 《오네긴》을 운문으로 표현한 것과 맞먹는 쾌거라 하겠다.

시집의 '序文'에서 저자는 "詩는 인간의 원형原型을 그리는 마음이라" 하고 이 연작 시집을 내게 된 동기와 경위를 아래와 같이 적었다.

고향의 산천도 그려봤고 노력해 왔지만, 그것이 몸으로 느낄 수 있는 나의 고향은 아닌 것 같다. 고향이 그리워 고향을 찾을 때마다 늘 실망하고 오히려 마음의 고향을 잃은 마음으로 돌아오게 되듯이, 고향의 산천을 그리면 그릴수록 고향과 나의 자연은 멀어만지는 것이다.

그리하여 내가 사두봉神話를 찾기 시작한 것은 1983년 시집 《슬픈 눈짓》을 출간하면서였고, 그러한 나의 새로운 마음의 행로는 너무도 당연한 일인지 모른다.

서시격인 첫 작품인 〈사두봉의 아침〉은 이러하다.

햇살 편 소용돌이 속/ 불구름 타고 비바람 몰아/ 사비약 내린 蛇頭// 고리포 발치에 두고/ 반고갯재 스친 길// 맑게 깨는 하늘 아래/ 아련히 이룩되는 요람/ 지축 울리는 맥박// 그리도 몸부림으로/ 발버둥침인가// 때로는 비단실 풀리듯/ 때로는 광란의 탈출로/ 서둘대는 바다// 또 어디로 떠나려는/ 그 다한 준비// 앞지락 미밀 여미고/ 고집스런 깊은 貞節// 공포로운 침묵으로/ 발 모둔 육지// 노령산맥 맥박 타고/ 쏜살처럼 미래가 열리는/ 아침이여

– 〈사두봉의 아침〉 전문

시집의 '해설'에서 원형갑元亨甲은 이 작품의 첫연에 대해 아래와 같이 풀이하고 있다.

그야말로 여기에서는 어떠한 지적知的 부정否定도 허용되지 않는다.

시인 자신은 오직 전설의 승계자承繼者라는 특전을 가지고 일종의 자의상

태에서 그에게 내린 전설 내용을 서사적으로 엮어낼 따름인 것이다. 말하자면 이 3행 밖에 안 되는 사설辭說을 통해서도 우리는 사두봉을 중심으로 살아오고 있는 주민의 전통적인 사두봉 신앙이 얼마나 우주적으로 장엄 숭고한 것인가를 실감하지 않을 수 없는데, 그 같은 장엄감, 숭고감, 신성감은 말과 의미와 사물 존재와의 미분화적未分化的인 일체화一體化의 표현에서만 가능하다는 것을 실감하고 남게 하고 있는 것이다.　　– 원형갑의 '작품해설' 중에서

그런데 그 많은 작품들 중에서도 여섯 번째인 〈茂長土城〉은 이 고장 사람은 물론 많은 국민들에게 사랑을 받고 있으니 무엇보다도 1996년에 세워진 '陳乙洲 詩碑'에 이 작품이 새겨진 것이 이를 뚜렷이 입증해 준다.

　하늘의 푸른 건반을 두들기는 종달새// 백성의 소리에 기울이던/ 鎭茂樓의 용마루 귀/ 오월의 선율 타고 天上을 드나드네// 태양을 잉태한 발랄한 맥박소리/ 유구한 茂松의 뿌리를/ 아랫배에 기르는 土城// 꿈틀한 蛇頭峰을 꿈에 안은/ 그리운 어머니 같은 치맛자락// 때로는/ 茂長掌內의 負商들이/ 쑥설대던 번화한 저잣거리// 때로는/ 대장태를 타고/ 총을 쏘며 모꼬지던 딱총나무 우거진/ 여시뫼봉에/ 東學軍의 뜨거운 함성이/ 하늘에 타올랐고// 이따금/ 下馬등 말발굽소리에도/ 귀가 밝아 벌떡 일어서는 土城// 철따라/ 굿거리 열두 거리 굽니던/ 질곽한 城門// 초립동이 드나들던 성 밖/ 솟대거리 당산에/ 달밤 부엉이가 울면 풍년이었고/ 백여시가 울면 꽃상여가 나갔다// 시방도 살막에선/ 짭짤한 미역내음 갯바람이/ 활등 같은 신화의 등허리에/ 부딪쳐 온다
　　　　　　　　　　　　　　　　　　　– 〈茂長土城〉 전문

이 작품은 '종달새'가 시사해 주듯 '천상적'인 신화이면서도 '백성 · 풍년 · 꽃상여 · 負商 · 東學軍' 등의 어휘 선택으로 보아 오랜 세월에 걸쳐 이 고장에서 삶을 누려온 주민들의 숨결 그 자체라고 보아야 할 것 같다. 특히 '백여시'와 '꽃상여'의 인연으로 빚어지는 민중들의 어려운 삶

의 현장 암시와 '東學軍'의 등장으로 일깨워 주는 권력자와 외국군의 결탁이 빚은 피폐화에 대한 경각심과 새로운 행복에 대한 염원을 담고 있다고 보여져 이런 점이 시인으로 하여금 어려운 이들에 대한 연민과 더불어 민족적인 고향의식으로 나아가게 한 것 같다.

한 가지 덧붙여 둘 일이 있으니 우선 시각과 청각을 결합시킨 첫 줄의 '푸른 건반'과 2연의 '오월의 선율', 3연의 '맥박소리', 7연의 '함성', 8연의 '말발굽소리' 등, 청각적 시어詩語가 풍부한 점이 감안된 듯, 이 작품이 앞에서 말한 대로 음악과 결합을 이룬 것은 지극히 자연스러운 일인 것 같다는 사실이다.

5. 통일의 염원과 인류애의 발로

진을주 시인의 겨레에 대한 관심은 앞에서 말한 바 있었거니와 이러한 관심은 자연 그로 하여금 민족의 통일을 이룩하는 염원으로 나아가게 하였으니 직설적인 시제를 택한 〈통일의 광장〉이 그 한 예이다.

어이하리야 어이하리야/ 시방도 휴전선의 녹슬은 철조망에/ 서러운 바람만 부는 것을// 누가 철조망을/ 녹이고 싶지 않으랴/ 너와 내가 외갓집 가던/ 환한 길처럼// 우리는 강물처럼/ 어울려 버려 어울려 버려/ 그날 민족의 광장에서// 3.8선이 다 무슨 소용/ 황토빛 밭두렁에서/ 허기진 어머니의 젖을 빨던/ 하나의 핏줄

— 〈통일의 광장〉 중에서

본디 하나였던 겨레와 강토가 인위적으로 둘로 갈리게 되었음이 한 '어머니의 젖을 빨던' 형제임과 '철조망'으로 실감나게 그려져 있다.

〈남북통일〉에서는 한 걸음 더 나아가 국호나 자치주 이름까지도 상상해 본다.

단군님이 웃어제낀/ 참으로 푸른 하늘이 내린/ 首都 판문점 중앙청 지붕

위에/ 신생 공화국 국기가/ 하늘 높이 펄럭이는 눈부신 새아침/ 韓朝民主共
和國 개국식 만세소리!// 남쪽에선 대한주정부 주민들이/ 북쪽에선 조선주
정부 주민들이// 한강의 강물처럼/ 대동강의 물줄기처럼// 할아버지 할머
니들도/ 아버지 어머니들도/ 아들 며느리 손자들까지// 손에 손에 신생 韓
朝國旗를 흔들며/ 미친 듯이 이산가족 한 데 얼싸안고/ 뜨거운 가슴 가슴
들불로 타버려라/ 산불로 타올라라// 이젠 지리산도 서럽게 한 번 울어보고
/ 백두산 천지도 마음놓고 한 번 울어봐라// 韓朝民主共和國 헌법은/ 자유
와 평등의 至高兵만이 있고/ 사형제도가 없는 박애주의 새나라/ 韓朝民主
共和國 만세!// 휘파람새 소리 구르는/ 남쪽 끝에서 북쪽 끝으로/ 북쪽 끝에
서 남쪽 끝으로/ 참으로 오랫만에/ 연변 며느리밑씻개 꽃이 활짝 웃는/ 민
족통일路에/ 강아지도 실은 이삿짐들이/ 길앞잡이떼 날리며/ 왔다갔다 야
단굿 났네// 판문점 수도 통일시장에는/ 「메이드 인 韓朝」가 산더미로 쌓이
고/ 외국 바이어들이 개미떼처럼 줄서고// 평안도 산삼 사러 가는 제주도
사투리가/ 제주도 밀감 사러 가는 평안도 사투리가/ 장터에서 박치기로 코
피도 내고/ 화해술로 재미도 보는/ 韓朝民主共和國 만세!   ―〈남북통일〉 전문

　시인의 상상력은 그토록 심각한 남북 문제도 의외로 간단하게 풀어내는
방도를 상상해 보는 것이다. 웃음마저 자아내게 하는 어조와 병렬적 대구
對句의 효과도 돋보인다.
　그러나 이러한 통일을 이루기 위해서는 현실적으로 넘어야 할 산이 너
무도 많음을 〈제52차 서울 국제펜대회〉는 실감나게 보여주고 있다.

　대만과 중공이/ 서독과 동독이/ 미국과 소련이 그리고 東西가// 「정신문
화연구원」의 광장에서/ 자유와 평등이 손에 손을 잡고/ 칠월의 달빛에 비
둘기떼가 취했다/ 쾌지나칭칭나네// 흥분의 도가니 속/ 저 달빛은 평양을
비치고나 있는지/ 북한이 비어 있는 자리엔/ 한 가닥 슬픔이 밀리고만 있어
라/ 쾌지나칭칭나네   ―〈제52차 서울 국제펜대회〉 중에서

시인의 의도는 어렵다고 포기하거나 절망하는 것이 아니라 더욱 힘찬 노력의 필요성을 말해 주고 있는 것이다. 그러한 노력의 바탕에는 인본주의 사상이 간직되어 있는 것이다.

그러한 인본주의 사상은 그의 나이테와 더불어 더욱더욱 굳어져 가고 있다. 국제 문제에 대한 발언이 점점 강해지고 있는 것도 이를 뒷받침해 준다. 〈비바디리구아 少女〉〈르완다 難民수용소 대학살〉〈탁아소 어린이 떼죽음〉〈평화의 여신 자화〉 등이 그 예이다.

1995년 4월 22일 오전에/ 수세미족처럼 뒤엉킨 난민수용소에서/ 정부군인 르완다 애국군(RPA)이/ 자동화기와 박격포로/ 르완다 난민수용소에/ 빗발처럼 무차별 공격했다.// 2차대전 중 독일강제수용소에서/ 가스실로 들어가는 죽음의 행렬에서/ 벽돌담 틈에 피어난 한 노란 꽃을 보고/ 황홀해하던 한 유태인을/ 벌써 잊었단 말인가/ 르완다 남서부 키베호 난민촌은/ 순간에 9천 4백명의 피바다가 되었다// 정부군의 同族嫌惡의 손을 터는 웃음소리에/ 아무 의미도 없는 전쟁에// 르완다의 푸른 하늘은/ 눈을 가린 채 흰구름으로 흘러갔다

— 〈르완다 난민수용소 대학살〉 중에서

이 경우에는 비록 국제문제이기는 하나 마치 거울을 통해 자기 얼굴을 바로잡는 것처럼 남의 동족상잔을 통해 우리 겨레의 현상황을 화해로 되돌려 놓으려는 간절한 소망을 읽게 된다. 이렇게 하여 진을주 시인은 내용과 형식을 아울러 중시함으로써 모든 겨레에게 인간다움을 심어주면서 즐길 수 있는 시를 쓰는 시인으로 대성하게 되었으니 넓은 의미에서의 '겨레의 스승' 임은 새삼 말할 나위가 없을 것이다.

아무쪼록 자중자애하여 온 겨레로 하여금 더욱 자각하면서 즐길 수 있는 훌륭한 시작품을 계속 마련해 줄 것을 간절히 빌어마지 않는다.

(『지구문학』(2000년 봄) 제9호 게재)

평론

진을주론陳乙洲論

정 광 수

1.

시인 진을주陳乙洲는 1927년 10월 3일 전북 고창에서 태어나 전북대 문리대 국문과(54)를 졸업, 일찍이 재학 중인 1949년에 「전북일보」를 통해 작품 발표, 문단 활동을 시작했다.[1]

전북 도청 공보실(1955~68), 그 후 서울 대한교육연합회 새한신문사 총무국장, 출판국장 등 평생을 잡지, 출판에 종사하고 있다.

1963년 『현대문학』에 김현승 추천으로 〈부활절도 지나버린 날〉이 1회 추천되었고, 『문학춘추』 신인문학상에 〈교향악〉이 1966년에 당선된 바 있다.

첫 시집 《가로수》(1966)를 간행하고, 〈가을〉(「동아일보」, 1970. 11. 21), 〈강물〉(『월간문학』, 1970. 4), 〈아침〉(「한국일보」, 1971. 5. 19), 〈은반의 요

---

1) 陳乙洲 첫 작품 발표, 〈백제고도〉「전북일보」1949.5.3. 이어, 〈낙엽〉同上. 1950. 10. 28, 〈비둘기〉同上. 1957. 12. 10. 〈차창〉同上. 1959. 3. 22. 〈백년초〉同上. 1960. 9. 3. 〈영원한 모습〉同上. 1960. 9. 7. 〈流星〉同上. 1960. 9. 13. 〈능금〉同上. 1960. 9. 21. 〈誤字가 무성한 거리〉『시문학』1966. 10. 〈하늘〉『현대시학』1966. 10, 〈恨〉「경향신문」1967. 11. 26, 〈눈소리〉『한양』, 1969. 2. 〈기다림〉『월간문학』1971. 4, 〈보리밭〉同上. 1971. 4. 〈목소리〉『시문학』1971. 11. 〈솔바람 소리〉『세대』1971. 8, 〈女心〉『주간조선』1971. 12. 19. 〈고궁에 봄은 와도〉『詩文學』1972. 4. 〈바다〉『월간문학』1972. 8. 〈산길〉『풀과 별』1972. 12. 〈설악산〉『월간문학』1972. 1. 〈행주산성 갈대꽃〉1973. 2, 〈세검정에서〉「한국일보」1973. 8. 11.

정〉(『현대문학』, (1971. 5) 등을 발표했다.

1970년대에 진을주의 시세계는 모더니즘적 수법의 수련을 거친 인생과 자연에 대한 참신하고 투명한 인식을 보여주었다는 게 세평世評.[2]

1966년에 첫 시집을 초정艸丁 김상옥金相沃의 제자題字에 신석정辛夕汀의 서문으로 전북 교육출판사에서 300부 한정판으로 발행되었는 바 신석정의 서문을 보면 인간 진을주를 말한 대목이 인상 깊다.

"인생 사는 데 '멋'을 부리되 몸치장으로 섣불리 덤벼드는 무뢰한이 있는가 하면, 시에 종사하되 흡사 레슬링 선수처럼 악다구니를 쓰는 사이비 새치기가 있다.

이는 천부적으로 갖추어야 할 인간으로서의 격이 모자람은 물론이요, 후천後天에서 갖춰야 할 인격과 교양조차도 모자라는 데서 오는 결과로써 모두 치유하기 어려운 것들이리라.

멋이란 미세하게 움직이는 동작에서도 추호의 부자연도 수반되지 않는데서 풍겨야 하는 것은, 마치 가는 바람에 사운대는 꽃잎을 타고 흘러오는 향기처럼 지녀야 할 것이요, 더구나 시에 종사하는 사람이고 보면, 태연자약하되 의젓하기 거악巨嶽처럼 고고한 자세로 임해야 우러러 볼 맛이 있을 것이다.

을주乙洲는 인간으로 사귀어 겪어보고, 시학도로서 눈여겨 살펴본 지 여러 해, 이날 이때까지 호말의 속취도 내 눈치채 본 적이 없다.

시가 잘 되고 못 됨은 그의 천성과 공정에 맡길 일이요, 시에 앞서 갖추어야 할 것은 무엇보다도 인간으로서의 격에 그 생명이 좌우될 것이라고 믿는 것이 나의 지론이기에, 항상 나는 애증을 확연히 판가름하는 데 내 생활의 신조로 여기는 까닭이 여기 있다. 을주의 시가 설사 '노루귀' 꽃이파리처럼 가냘퍼도 좋다.

---

2) 세계문학대사전, 성문각. 1975. 1941쪽.

아니 '동박새'의 목청처럼 가늘어도 좋다. 그것이 그대의 天稟이고 보면, 내 어찌 나무랄까 보냐, 향기 있는 장미의 겉치레를 원할 배 아니요, 실속 없는 야수의 포효는 더 싫다. 작품에 저류하는 일관된 높은 정신과 불굴의 의지는 오늘날 펼쳐 놓을 캠퍼스의 이차원 평면에 독자적 구성으로 보다 높은 건축을 시도할 것을 믿는다."[3]

이 서문을 정리해 보면 ① 멋을 강조한 것, 멋에 대한 신석정의 정의, ② 인간이 먼저 되어야 함, 시가 약간 떨어진다 해도 그것은 천품天稟과 관계 있다는 것, ③ 시정신詩精神의 강조 등이다.

필자가 30여년 간 진을주 시인과 교류한 바로는 그의 인간 됨됨이는 신석정의 이 서문을 평생 잘 지키고 있는 점일 터이다.

필자는 그의 사생활도 잘 알고 있는데, 역시 흐트러짐이 없이 80을 바라보고 사는 그 성품, 인간성은 바로 그 옛날 신석정이 꿰뚫어보고 있었고, 지금도 변하지 않고 있음은 바로 필자가 이 논문을 써보고 싶은 충동을 갖게 한 것이리라.

특히, 이번의 6시집《그믐달》을 읽고 이제 '진을주론陳乙洲論'을 써야 한다는 의무감도 함께 갖게 했다.

2.
『현대문학』(1963. 6)의 김현승이 첫 추천한 작품은 〈부활절도 지나버린 날〉이다. 첫 시집 첫머리에 이 시가 있기로 인용해 본다.

비는
부활절도 지나 버린 날
그윽한 木蓮 하이얀 향기에 젖어

---

3) 陳乙洲 첫 시집, 序文. 辛夕汀, 1966.

납처럼 자욱하니 잘린다

비는
어머니 마지막 떠나시던 날
그리도 열리지 않던
성모병원에
보슬보슬 나린다

비는
드높은 성당 지붕에 나란히 앉아
깃을 다듬는 어린 비둘기들의
발목에 빨가장이 나리고
구구구 주고 받는
비둘기의 이야기도 젖는다

– 〈부활절도 지나버린 날〉 일부

　비와 부활절, 목련木蓮, 어머니의 죽음과 성모병원, 비둘기, 성모병원에서 어머니의 죽음을 보면서 목련과 비둘기와 접목이 가능한 동일성의 상징시다.

　비가 내리는데 부활절은 이미 지났고, 그러니 그것이 납처럼 목련 위에 내리는 것으로 본다. 그것은 어머니는 이미 죽은 것이기 때문에 자식들은 (비둘기) 할 말을 잃은 것이다. 결국 자식들도 그 납처럼 내린 비에 젖는 것이다. 인생, 자연, 허무, 이런 것들이 투명한 인식 속에 자리 잡혀 참신성이 돋보인 작품이다.

　서정적 자아란 것은 객관과 맞서 있는 주관도 아니고, 이성과 구별되는 감정도 아니라고 말들 한다. 즉, 서정적 자아는 주관과 객관, 이성과 감정의 구분이 일어나지 않은 상태의 것이라고 보아야 실마리가 풀릴 터이다.

그래야 자아와 세계가 접촉해서 세계를 자아화自我化해야 하는 게 아니라, 그 접촉이 없이도 존재하는 자아라고 볼 때, 주관과 객관客觀, 이성과 감정의 구분이 일어나지 않는 상태가 인정될 수 있다는 이론이 있는 것이다.

　결국 〈부활절도 지나버린 날〉은 어머니의 죽음에 대한 슬픈 마음을 언어의 반복성과 더불어 동일성을 획득하고 있다.

　문학뿐 아니라, 종교, 풍습 등에서 수없이 되풀이된 이미지들이 모두 원형原型일 터이다.

　이 원형의 상징이 똑같거나 유사한 의미를 지니고 있는데, 첫 연의 '비는' 둘째, 셋째 연의 '비는' 반복되면서 앞서 말한 목련, 성모병원, 성당 지붕 등이 부활하지 못하고 '비둘기의 이야기도 젖는다' 고 말한다. '부활절' 만 하더라도 신화神話, 제의祭儀의 근본적 패턴의 원형이다. 이러한 원형은 여러 가지 의식을 통해서 한 세대에서 다음 세대로 물려주는 사회적 현상이라면, 진을주 시인의 어머니의 죽음에서 〈부활절도 지나버린 날〉의 유사한 심리적 반응을 보게 되는 바 인간의 희망과 가치, 불안과 야망이 투사된 것으로 우리 삶의 의미와 리얼리티를 포착해 주는 눈[眼]이 된 것이리라.

　다 아는 바이지만, 현대시는 영국의 로맨티시즘을 축으로 독일 낭만주의, 프랑스 상징주의 시문학 등 서구의 영향을 받았기 때문에, 어차피 한국시를 해명하는 데도 그 이론이 주종을 이루었는데, 진을주 시인의 〈가로수〉도 상징적인 심상미를 강렬하게 보여 주는 좋은 작품이다.

　　뿔이 있어 좋다
　　그리운 사슴처럼 뿔이 있어 좋다

　　褪色한 나날과
　　퇴색한 산천을

사비약 눈이 나리는 날
나려서 쌓이는 날,
가로수 내인 길을
두고 온 고향이 문득 가고픈
겨울보다도

어린 사슴의 어린 뿔 같은
고 뾰족한 가지에 수액을 타고 나온
파아란 새싹으로 하여
대지의 숨결을 내뿜는
봄의 가녀린
서곡보다도

등어리가 따가운
볼이 한결 더 따가운
그보단 숨이 막히는 더위에
짙푸른 혓바닥을 낼름거리며
그 할닥이는 여름의
육성肉聲보다도

안쓰러운 가로수의
체온이 스몄을 낙엽을
구르몽처럼 밟으며
너랑 걷다가
해를 지우고 싶은 가을은
아아 진정 서럽도록
즐거워라

가로수는 뾰족한 뿔이 있어 좋다
뿔을 스쳐 오고 가는
계절의 숨소리가 들려서 좋다

– 〈가로수〉 전문

첫 시집 《가로수》의 표제시表題詩다. 앞서 상징적인 심상미라고 말했는 바 '가로수'를 보고 '사슴'을 연상했다. '어린 사슴의 어린 뿔'을 통해 가로수의 뾰족한 가지에서 수액을 타고 나온 파아란 새싹을 통해 더운 여름을 이겨내는 모습을, 가로수와 사슴뿔이 동격同格이 되어 봄, 여름, 가을, 겨울의 〈가로수〉를 읊고 있다.

사실 동일성(identity)이란 것은 사회 심리학에서처럼 여러 가지 개념이 있을 수 있지만, 적어도 시에 있어서의 '변화'와 '갈등'이란 측면에서 보면, 동일성이란 개념은 매우 충격적인 것일 터이다. 그 말은 '변화와 갈등'이란 게 보편적인 체험 양상이기 때문이다. 현대인들은 사실 나와 세계에 대한 격심한 변화를 체험하고 또한 나와 세계에 대한 관계 속에서 소외와 갈등을 체험하기 때문에 변하지 않는 것 일체감, 이런 것들이 사실 현실에서는 존재하지 않는 하나의 이념 같은 것이다. 그러므로 진을주 시인의 〈가로수〉를 보면서, 사계절이 변하는 모습을 상징으로 표현할 수밖에 없었던 것.

〈가로수〉에서 고향을 가고픈 겨울, 수액을 타고 나온 파아란 싹의 봄, 짙푸른 혓바닥을 낼름거리며 할딱이는 여름, 구르몽⁴⁾처럼 밟으며 해를 지우고 싶은 가을로 상징하고 있는 것이다. 구체적으로 말하면, 詩語가 아주 세련되어 있고, 섬세한 감각적인 서정성이 풍부하다 하겠다. 4계절을 그림처럼 그렸다는 말이다.

---

4) 구르몽(1858~1915, Remyde Gourmont). 프랑스의 시인, 작가. 그의 시 〈낙엽〉 (1912년 작), "시몬느, 나뭇잎 져버린 숲으로 가자/ 낙엽은 이끼와 돌과 오솔길을 덮고 있구나/ 시몬느, 너는 좋으냐 낙엽을 밟는 소리가…"

앞부분만 다시 읽어보자.

"뿔이 있어 좋다/ 그리운 사슴처럼 뿔이 있어 좋다// 퇴색한 나날과/ 퇴색한 산천을/ 사비약 눈이 내리는 날/ 나려서 쌓이는 날,/ 가로수 내인 길을/ 두고 온 고향이 문득 가고픈/ 겨울보다도"에서의 '퇴색한 나날과' '퇴색한 산천을' '사비약' 눈이 내리는 날에서 반복 조어造語 등의 특이성으로 연유한 순수성이 돋보인다.

사실 언어라고 하는 것은 문법, 혹은 구문에 의하여, 그 속에 담겨 있는 모든 정신에 따라 어떤 경험을 하게 되며, 그 어떠한 경험이 우리의 의식에 침투해 오는가를 결정하게 된다.

그러니까 어떤 사람의 사고를 결정짓는 언어는 일정한 논리적 구조를 갖고 있는 것인데, 대부분의 사람들은 그들이 사용하는 언어가 대단히 자연적이며, 다른 언어도 동일한 범주에서 사용되는 것처럼 착각하고 있다. 그 말은 어떤 일정한 논리적인 방법이 있고, 그것에 의하여 모든 언어가 규칙적으로 전개된다고 생각하는 것이다. 다시 말해 하나의 문화권文化圈에 있어서는 동일한 논리로써 사용될 것이라고 생각하지만, 만일 사고방식에 있어서의 차이가 있다면, 결국 판단 기준이 달라지기 때문에 결국 언어가 주는 의미가 달라지게[5] 마련이다.

그래서 처음부터 문학이나 종교에서 상징적 수법을 썼다는 것이다.

종교에 있어서의 유연한 상징의 표현도 그러하지만, 문학이라는 것은 상상의 산물이기 때문에 특히 시에 있어서 상징이 없으면 아무 재미가 없고 맛이 나지 않는다. 대상이 뚜렷하면 상징이 되지 않고, 불가시不可視한 곳에 있으니 상상과 현실 사이에 시인이 만들어 낸 '상상의 것' '그것'은 사실상 이 지상에는 없는 것이다.

'그것'이 곧 상징으로 나타날 뿐이다. 그러니까 상징은 강할수록 오래가는 것이고, 불가시한 것을 암시하는 가시적인 것이 곧 상징인 것으로 진

---

5) 鄭光修, 禪의 논리와 초월적 상징, 1993. 한누리미디어. 23~24쪽.

을주 시인의 〈가로수〉에서 그 상징의 극치를 맛볼 수 있으리라 본다.

'가로수'를 자세히 읽어보면, 필자의 말이 수긍이 갈 것이다.

특히 제2연의 시어詩語를 보면 "어린 사슴의 어린 뿔 같은/ 고 뾰족한 가지에 수액을 타고 나온/ 파아란 새싹으로 하여/ 대지의 숨결을 내뿜는/ 봄의 가녀린/ 서곡보다도"에서 보면 과연 절품絶品이 아니던가.

넋두리 같은 말이지만, 이 시 한 편으로도 진을주 시인은 대가大家다.

한국 시인 중에 이만한 시인을 갖고 있다는 것은 참으로 살 맛이 난다하겠다. 제2시집은 1983년에 상재한 《슬픈 눈짓》이다. 실로 17년 만에 나온 시집이다. 물론 '진을주 신작 1인집'이라고 해서 팸플릿 판으로 《M1 조준》(1968), 《도약》(1968), 《숲》(1969), 《학》(1969)을 냈지만, 정식 시집이랄 수 있는 것은 《슬픈 눈짓》이다.

(1)
뜨거운 내 가슴 속에
그리도 물살치던 그 속눈썹
그 파아란 노櫓

지금은
흔들며 아스라히 떠나가는
싸늘한 기폭이어라

글썽한 수평선에
뉘엿뉘엿거리는
소리 없는 뱃길

끝간 데 모를
바다 위 어느 하늘가에 떠버린

가뭇한 속눈썹
한낱이어라

(2)
으스스 갈대바람 일고
벌써 가을비를 몰고 온 기상대의
기폭의 그림자
遠雷로 스러져 간 뒤끝

꿈속 같은
머언 해안선에서
매섭게 불어오는
희끗희끗한 눈발이어라

맥박을 가늠없이 흩어놓고
기억은 눈시울진 물살 속으로
자꾸만 달아나고

어느 낯설디 낯설은
산모롱이에
눈시울 뜨거워 오는 日沒이
오고 있다.

- 〈슬픈 눈짓〉 전문

  한 시인에 있어 개성이 있다는 말은 시인이 의도한 정신 세계의 고백이
뚜렷하다는 뜻일 것이다.
  진을주 시인은 후기에서 다음과 같이 쓴 걸 살펴보면, 그가 무엇을 시에

담으려 했나를 읽을 수 있겠다.

　① 프랑스의 하늘은 거만한 눈짓으로 오만하게 가득 차 있었다.
　② 세느 강변에는 피 묻은 칼을 씻은 비린내가 망각 속에 사라져가고 있
었다.
　③ 그리스 신전들의 돌기둥에 걸친 하늘자락도 화사한 회상에 잠겨 있
었다.
　④ 부호의 나라 쿠웨이트 사막은 낙타 등에 대한 두려움에 분발하고 있
었다.
　⑤ 한국의 기술진들은 검은 대륙에 뜬 태양처럼 현실에 불꽃을 튀고 있
었다.
　⑥ 유유히 흐르는 인도의 갠지스강은 아무 말이 없었다. 서럽도록 우울
했다.

　이러한 눈짓은

　① 몽마르뜨의 어느 여류화가의 눈짓
　② 오페라좌 부근 어느 카페에 앉은 소녀의 담배연기 속 눈짓
　③ 아테네 어느 민속공예점 부인의 눈짓
　④ 쿠웨이트 호텔의 여종업원의 눈짓
　⑤ 바라나시 뒷골목 고샅길 어느 꽃장수 여인의 눈짓
　⑥ 머언 봄을 기다리는 사슴들의 눈짓

　위와 같은 상황에서의 모습은 '눈짓'으로 나타났다. 그 말은 시의 내면
에 흐르는 분위기가 곧 진을주 시인의 정신적 총체성 안에서 창조의 열린
세계로 나갔다는 것은 한 편의 시가 곧 진을주 시인의 정신 상황이라는 것
으로, 그것이 다른 시인들과 다른 개성이 있다는 말이 된다. 즉, 정치, 사회

전반에 걸친 내면 세계의 움직임으로 인한 경험의 총합이 된다. 한 시인의 시 세계는 우주의 축소된 신비 앞에 충전된 것이기 때문이다.

인생에 있어서 가장 중요한 것의 하나는 감동의 미감을 만나는 일일 터. 시인은 쉽게 말하면, 감동 만들기인데, 그 작업은 누구를 위한 것은 아니고, 인간 자신을 위한 일일 뿐이다. 진을주 시인은 외국 여행을 하고 돌아와, 이 시집을 냈다. 그러므로 《슬픈 눈짓》에서 보면 살아 있음의 변화가 온 것을 볼 수 있다.

그 변화는 당연한 것이다. 앞에서 同一性에 대해 언급했듯 개인의 시적 체험은 시적 세계관뿐 아니라, 언어, 리듬, 이미지, 비유, 상징, 시제 등, 여러 요소들이 작용한다. 그러므로 동일성은 작품 구성원리뿐 아니라, 창작 과정에서도 공통 원리로 변화 양상을 가져온다. 이러한 이론은 특히 의식 비평(critics of consciousnss)의 방법에서 말하는 것이다.

《슬픈 눈짓》은 1983년에 출판됐으니까, 56세에 쓴 詩다. 60을 바라보며 쓴 자화상같이 보인다.

뜨거운 내 가슴 속에 물살치던 속눈썹이 아스라이 떠나가는 싸늘한 기폭이라고 말했다.

'슬픈 눈짓'은 이별의 모습이요, '속눈썹'은 떠나가는 즉, 아스라이 삼삼거린다는 모습인 것이다.

뉘엿뉘엿거리는 소리 없는 뱃길은, 필연적으로 님이 떠나가는, 다시 말해 이별의 상징인 것.

진을주 시인의 정신적 유로流路는 갈대바람이 일고, 가을비를 몰고 오고, 遠雷로 스러져 가고, 먼 해안선에서 매섭게 불어오는 눈발, 기억은 눈시울진 물살 속으로 자꾸만 달아나고, 어느 낯설디 낯설은 산모퉁이에 눈시울이 뜨거워 오는 日沒이 오고 있다고 읊었다.

'소리 없는 뱃길' '글썽한 수평선' 이것은 시인이 평생을 살아오면서 간직한 '그리움'의 요체요, 결별이란 정서의 '결정체'이다.

위와 같은 事象이 뱃길로 소리 없이 사라져 간다고 생각할 때 슬픈 것이다.

'일몰'에 주목할 필요가 있다. 앞서 말한 '그리움' 같은 사상의 결정체가 뱃길로 떠나갈 때의 슬픔, 특히 '일몰'이라는 어둠이 오는 것에서의 슬픈 눈짓은, 그 이별의 암시가 된다.

첫 시집, 신석정의 서문에서 보듯 '노루귀 꽃이파리처럼 가냘퍼도 좋다. 아니 동박새의 목청처럼 가늘어도 좋다. 그것이 그대의 천품이고 보면, 내 어찌 나무랄까 보냐'고 했는데, 진을주 시인은 천성적으로 여린 데서 오는 슬픔이 아닌가 한다.

그러나 자세히 보면, 세상을 살아가는 정관적靜觀的 철학 세계라고 결론 지어도 망언은 아닐 성싶다. 그 말은 진을주 시인의 시는 아주 촉촉한 물기가 도는 시편들을 많이 갖고 있다.

시어를 분석해 보면 '비', '향기', '목련', '보슬보슬', '깃을 다듬는 어린 비둘기', '젖는다', '강', '청자빛 눈망울', '꿀벌들의 나랫소리', '발자취 소리 머물고', '퇴색한 산천', '어린 뿔', '가녀린', '해를 지우고 싶은', '계절의 숨소리', '꽃가루', '낙엽처럼 쌓이는', '해안에', '파도' 등등 전부 비가 내리고 물기가 촉촉이 감도는 서정 세계. 살벌한 세상에서 진실의 눈으로 아름다움만 캐내기 때문에, 명상 속에서 자연 정관적 메타포(metaphor)로 표시되는 진을주 시인의 언어는 고도의 상징을 내포하고 있으며, 그것은 마음과 외부 세계를 결합해 마침내 동일체가 되고 있음이다.

그러므로 〈슬픈 눈짓〉은 이별의 쓰라린 아픔일 것이다.

앞에서 '변화와 갈등' 얘길 했는 바, 여리고 온화한 면과, 격정의 면이라는 두 개의 갈등 의식은 물 이미지로 하여 교직되고 있다는 말이고, 이것이 동일성으로 진을주 시인의 개성으로 나타난다는 말이 인증된 셈이다. 여리고 온화한 면과 격정의 면이 있다고 말했는 바, 내면적으로 격정을 표출한 시 한 편을 보자.

폭발한 환호소리

박수갈채
오랜 인종忍從에서 벗어난

바람에 부서지는 기폭처럼
천 갈래
천 갈래로

골골이
꽃가루 분분하고
찬란한 무지갯살

사비약
선녀가 내릴
열린 문전

무량의 역졸이다
어명이다

– 〈폭포〉 전문

진을주 시인의 시는 온화하고 여린 것으로 이해하고 있지만, 〈폭포〉에
보면 격정이 넘친다. 현실과 꿈, 어둠과 밝음, 슬픔과 기쁨, 행복과 불행,
이러한 터널을 수없이 지나면서 삶은 영위된다. 한 편 더 보자.

햇씨를 쪼아
사비약 내린 나래

금관을 얹는 제왕의 첫발

수정 같은
마음 밭에
서장의 깃발 오르고

곳곳마다
파닥이는……
파닥이는……

금빛 비늘이 눈부시게
이웃
이웃으로
번진다.

- 〈아침〉 전문

〈아침〉이라는 순수미가 서정적, 상징적으로 아주 절제된 시어 구사로 정감이 넘친다.

이 시 〈아침〉에서 중요한 것은, '강성의 흐름'이 자연스럽게 표출되었다는 사실이다. 시가 생명을 얻으려면, 감성이 잘 흘러야 하는 것인데, 그것을 우리는 에스프리(esprit)라고 말한다. '금관을 없는 제왕의 첫발'은 햇살을 상징하고 있는 바, 이것이 금빛 비늘이 되어 이웃으로 번진다고 활기찬 아침을 표현한 것이다. 이른 아침에 일어나 자연을 바라본 좋은 풍경화 같은 절제 있는 시다.

서정시라는 것은 허구적 현재성을 띠고, 사물이나, 사건이나, 상황에 대한 주관적 감정이나, 인상을 표현한 양식임으로 허구적 인생, 다시 말해 예술적〔美的〕이라고 인생을 말할 때는 자기 충족의 독립된 경험이다. 그러므로 〈아침〉에서 진을주 시인의 인생관과 세계관을 예술적(시적) 의도에서 기대해 봄직하다.

또 다른 시 〈가을〉을 보자.

모두 역마살이 들려서다
헛웃음으로 고삐를
놓쳐 주자

뒤도 돌아보지 않는
귀로

얼룩이사 감추지만
망설임 없이 더욱 가슴 에인다

쌓였던 사연들도
매듭지어지고

몰려가야 할
머언 지평선
초조한 사슴의 눈빛처럼
맑은 햇살 속에서
어디로 떠나가는 것인가

　　　　　　　　　– 〈가을〉 전문

　　가을은 어디론가 떠나가 보고 싶은 계절이다. 가을은 나무들도, 그 푸른
잎을 떨구고 낙엽으로 지고 만다. 소멸한다는 것, 예부터 봄에 꽃이 피고,
여름에 무성하다가, 가을에 열매 맺고, 겨울에 소멸한다. 사계절의 특성으
로 하여, 그 순환 법칙에 순응하면서, 봄은 청춘이며 생명이 약동하는 계
절로, 여름, 가을을 거쳐 순환한다.

그러기에 '인간은 소멸하는 존재다' 하고 또는 '순환하는 과정에서 변환하여 다시 태어난'다고 말해 왔다.

진을주 시인은 그런 법칙을 다 알면서도, 모두 고삐를 풀어주자고 읊었다. 뒤도 돌아보지 않고 망설임 없지만, 가슴은 에인다고 말한다. 모든 걸 매듭짓고 어디론지 맑은 햇살 속에서 떠나가자고 말했다. 그것은 가을에 먼 곳을 바라보는 것인데, (머언 지평선) 하나의 향수일 터. '어디로 떠나가는 것인가'에서 보면, '초조한 사슴의 눈빛'과 더불어 처연함이 있다.

〈행주산성 갈대꽃〉을 보자.

울먹은
상복의 미소

비린내 낭자한 강바람에
모시치마 나부끼듯
간드러진 허리 허리

여윈 햇볕에
행주산성 부녀자들의 옛 지문도
밝디 밝은 강변 조약돌

맺힌 한
강심에 뿌리 내려
찬 서리 모든 기러기 따라
아스름 하늘가에 흐른다

그때
그때의 화약 냄새

수라장 소리
타는 듯한 노을 속

울적한 산성에
휘휘 친친 피어 오르는
대낮 소복의 지등행렬紙燈行列

서럽도록 아름답게
하르르 하르르 무늬치는
씨 뿌려 내일을 밝히는
축제다

- 〈행주산성 갈대꽃〉 전문

진을주 시인의 현재까지의 관심과는 또 다른 측면의 역사성이 보이는
역사의 현장을 읊은 시다. 서정 시인이 역사의 숨결을 읊은 것이다. 행주
산성 강변에 핀 갈대꽃에서, 거기 흩어져 있는 조약돌에서, 그 옛날 권율
장군을 비롯한 행주치마의 전설이 얽힌 부녀자들을 떠올리며, 거기 돋아
난 풀잎 들꽃 하나 하나를 유구한 역사와 대비시켜 놓은, 더 구체적으로
말하면 현대 모더니즘 수법의 세련미 넘치는, 인생과 자연에 대한 참신하
고 투명한 민족의식의 가편佳篇이다.

진을주 시인의 민족 의식의 시편은 본격적으로 1987년에 상재한《사두
봉신화蛇頭峰神話》[6]에서 만난다. 연작시집으로 원형갑이 해설을 썼다. 약간
중요 부문을 인용해 본다.

"사두봉 신화는 귀신 이야기를 쓴 것이다. 무장茂長의 영산인 사두봉蛇頭
峰을 중심으로 예부터 내려오는 민간 속에 살아 있는 61개의 귀신 이야기를
수집하여 살아 있는 그대로 그 하나 하나를 시로 형상화하여 현전시킨 시

집이다.

　그런 점에서 어디까지나 소재로서의 귀신 이야기이고, 어디까지가 작품으로서의 연작시인지 알 수 없게 상응적으로 융합되어 있어, 기묘한 울림을 주고 있다…… 서사시라고 하기도 어렵고 장시라고 하기도 거북하다…… 그러나, 61개의 시편들 모두가 제각기 다른 귀신 이야기면서, 이 귀신 이야기를 형성하고 있는 모든 낱말들이…… 마치 물고기의 지느러미 꼬리처럼 또는 눈빛과 머리처럼 살아 움직이면서, 그때마다 방향을 암시하여 뜻을 만들어내고, 유혹하는 듯하여 단순히 지나가 버린 옛 이야기가 아니라, 지금도 우리 현실 세계에 내재적으로 살아 있는 것 같은 착각을 일어내고 있어 꼭 명제로 표시할 수 없으나, 한 줄기의 세찬 주체성을 품고 있는 것만은 틀림없다 하겠다."

　진을주 시인도 서문에서 다음과 같이 밝혔다.

　"詩는 인간의 원형을 그리는 마음이라고 한다. 인간의 원형이란 자연을

---

6) '사두봉'은 전북 고창군 무장면에 소재할 뿐 아니라, 진을주 시인의 고향이다. 〈사두봉 神話〉는 고창에서 연원하지만, 우리나라 곳곳에 산재한 우리의 무속신화에 공통된다. 우리 민족의 한과 더불어 이를 극복하려는 건강한 민중 의지가 담겨 있는 것이다.

진을주 시인은… 시적 정신의 자유에서만 우리의 모든 삶이 생명감을 얻고 자유로울 수 있다는 詩觀과 인간관을 갖고, 시적 언어를 다른 모든 커뮤니케이션의 언어 활동과 동일시하는 가치의 혼동은 없는 까닭에 시적 언어를 합리적인 언어 활동의 한 가지로 생각하고자 하는 것도 현대문화의 일반적인 성향인데… '三位一體의 神觀', '聖餐 미사' 등의 祭儀 형식을 합리적으로 생각하면서, 또한 신화적인 제의 내용들을 합리적으로 현대문화가 수용하면서 유독 우리 민족의 신화들은 한결같이 샤머니즘으로 낙인찍고 배척하는 식민주의적 망상을 타파하자는 데서 〈사두봉 神話〉는 쓰여진 것 같다.

위와 같은 사상에 동조하는 사람들이 나타난 것은 우연의 결과가 아닌 것이다.

1996년 국립합창단의 위촉으로 ① 〈사두봉의 아침 mp3〉, ② 왼눈(샘), ③ 오른 눈(샘) mp3, ④ 風葬, ⑤ 茂長土城 등이 서울대 황성호 作曲으로, 한글 반포 550돌 기념문화행사의 일환으로 공연되는 국립합창단의 제74회 정기공연 국립극장에서 공연되었다. (지휘 오세종, 반주 염혜경, 백경화) 1996. 10. 31(목), 11. 1(금)

※ 1997. 12. 1, 제3세대 창작음악 발표회 재연(25분 연주)

※ 1996년 〈茂長土城〉이란 詩로 〈陳乙洲 詩碑를 高敞郡 文化院에서 건립〉

말함일 것이다. 그러나 아무리 詩답시고, 언어에 매달리며, 밤을 지새워도, 그 자연 그 인간의 원형이 나타나준 일은 없다.

……고향의 사두봉 능선이 마음 속에 어른거리고, 그 사두봉 능선과 더불어 뭔가 친밀해지고 싶은 것은 이상한 일이다.

인간은 얼마만큼 현실적일 수 있고, 얼마만큼 과거적인가, 도대체 사람을 사람답게 움직이고 생각하게 하는 것은 무엇일까?

……시인에 있어 무엇보다도 고향 의식은 어디까지나 몸에 젖은 말, 마음을 저리게 하는 나, 스스로의 고향의 말에 다름 아니라는 생각이 들기 비롯했기 때문이다.

……현대시는 확실히 갈수록 미묘하게도, 시만이 거의 유일하게 문명으로부터 인간의 실존을 지켜 나가려고 하는 문명에 있어서의 祭儀 형식이자, 인간의 내적 열망이라고 해도 좋을 것 같다.

……결국 시란 언어를 초월한 인간 존재의 충동에 지나지 않는다고 믿고, 神지피지 않고서는, 그러니까 신명나지 않고서는, 그 어떤 언어도 존재의 의미가 없는 인간의 정신적인 지향선이라는 것을 확신하고 있다.

……사두봉 신화는 우리 민족 신화가 갖고 있는 본질적 요소를 거의 빠짐없이 갖추고 있고, 또한 무엇보다도 중요한 것은, 헤아릴 수 있는 역사를 통해서, 우리 민족의 삶의 지혜가 되어 오고 있듯이 민족 신화의 내용과 형식의 모든 면에 있어서, 내 고장의 삶의 생산적인 지혜가 되어 왔다는 사실이다.

……사두봉 신화를 통해서 나의 고향 사람들이 어떤 가치 의식과 삶의 감정으로 수천 년간 살아왔는가를 애정의 눈으로 지켜보고 싶을 뿐이다……."

진을주 시인은 《슬픈 눈짓》까지 2권의 시집과 《M1 조준》, 《도약》, 《숲》, 《학》 등, 4권의 1인집까지의 그야말로 서정적 상징적 시 세계에서 본격적으로 자료면에 있어서의 귀신 이야기가 아니라, 떠돌아다니고 있는 전설

적인 귀신 이야기가 곧 신화이자, 시로 형성시킬 수 있겠다는 환생還生의
기묘한 도리로 《사두봉 신화》를 썼다.

　서양에서의 소위 신화라고 하면, 귀신 이야기는 언어에 다름 아니겠지
만, 진을주 시인에 있어서는 이야기〔話〕와 말〔言語〕의 동일성을 시라고
하는 언어의 첨예한 현장에 현전現前시키고 있는 것이다.

　다시 말하면, 언어의 시적 표현성에 착안한 것일 터이다. 우선 시를 읽
어보자.

　　　햇살 편 소용돌이 속
　　　불구름 타고 비바람 몰아
　　　사비약 내린 사두蛇頭

　　　고리포 발치에 두고
　　　반 고갯재 스친 길

　　　맑게 깨는 하늘 아래
　　　아련히 이룩되는 요람
　　　지축 울리는 맥박

　　　그리도 몸부림으로
　　　발버둥침인가

　　　때로는 비단실 풀리듯
　　　때로는 광란의 탈출로
　　　서둘대는 바다

　　　또 어디로 떠나려는

그 다한 준비
앞지락 비밀 여미고
고집스런 깊은 정절貞節

공포로운 침묵으로
발 모둔 육지

노령산맥 맥박 타고
쏜살처럼 미래가 열리는
아침이어

– 〈사두봉의 아침〉 전문

앞의 원형갑[7]은 "어떤 지적 부정도 허용되지 않는다. 시인 자신은 오직
전설의 승계자라는 특전을 가지고 일종의 빙의 상태에서 그어 내린 전설
내용을 서사적으로 엮어낼 따름인 것이다.
전통적인 사두봉 신앙이 얼마나 우주적으로 장엄, 숭고한 것인가를 실

---

7) 元亨甲, 진을주 제3시집 《사두봉 신화》 해설, 1987. 10. 10. 137~154쪽. 思社研詩選⑩
  ※ 사두봉 신화 의 61편의 詩는 역사 현장에서 살아 움직이며, 대응하고 있는 바 모든 술어들의 時
  制가 처음부터 끝까지 현재 진행형이 특색, 構造詩學에서 말하는 時制는 '진술하는 시간'과 '진술
  되는 시간'이라고 말하는 바 독자의 입장에서 보면 독서하는 시간과 진술되는 시간으로 구분할
  수 있다.
  ※ 서정시의 특징은 現在 時制에 있는 바 서정시의 본질적 시제라 한다. 서정시가 허구적 현재성을
  띠고, 그 본질적 시제가 현실 시제가 되는 근거는 서정시는 서사시처럼 이야기를 갖지 않기 때문이
  다. 서정시는 사물이나 사건의 상황에 대한 주관적 감정이나 인상을 표현하는 양식이기 때문이
  다.
  ※ 서사시의 경우는 과거 또는 완료시제다. 그 말은 서사 속의 사건이 나타나는 양식은 완성되고
  완결 형태의 경험인 까닭에 이야기 속의 시제는 과거 및 완료시제가 되는 바 과거 및 완료시제는
  이야기, 소설 등에서 가장 일반적인 동사형이다.
  ※ '역사적 현재'란 말도 있다. 과거와 미래를 함께 소유한 것으로 느끼는 방법인데, 즉 과거 현재
  미래를 분리시키지 않고 연속으로 느끼는 방법이다. 진을주 시인의 사두봉 神話가 번호를 매기고
  있고 '연작 시집'이라고 써 있는데, 이것이 서사시인가, 서정시인가, 연작시인가, 장시인가는 또
  다른 연구를 요할 터.

감하지 않을 수 없는데, 그 같은 장엄감, 숭고함, 신성감은 말과 의미와 사물 존재와의 미분화적인 일체화의 표현에서만 가능하다는 것을 실감하고 남게 하고 있는 것이다"라고 썼다.

'불구름 타고 비바람 몰아'에서 보면, 장엄, 숭고, 신성감만이 아니라, 미지의 헤아릴 길 없는 거대하고 운명적인 변용 능력 같은 절대한 가능성을 느끼게 하고, '사비약 내린 사두蛇頭'로 맺어짐으로 첫 시적 언어가 61편으로 엮어질 사두봉 신화의 아기자기한 가능성을 예고해 주고 있다. 번호 ⑥의 〈茂長土城〉을 보자.

하늘의 푸른 건반을 두들기는 종달새

백성의 소리에 기울이던
진무루의 용마루 귀
오월의 선율 타고 천상을 드나드네

태양을 잉태한 발랄한 맥박소리
유구한 무송의 뿌리를
아랫배에 기르는 토성

꿈틀한 사두봉을 꿈에 안은
그리운 어머니 같은 치맛자락

때로는
무장장내茂長場內의 부상負商들이
쑥설대든 번화한 저잣거리

때로는

대장태를 타고
총을 쏘며 모꼬지던 딱총나무 우거진
여시뫼봉에
동학군의 뜨거운 함성이
하늘에 타올랐고

이따금
하마등 말발굽소리에도
귀가 밝아 벌떡 일어서는 토성土城

철따라
굿거리 열두거리 굽니던
질팍한 성문
초립동이 드나들던 성밖
숫대거리 당산에
달밤 부엉이가 울면 풍년이었고
백여시가 울면 꽃상여가 나갔다

시방도 살막에선
짭짤한 미역내음 갯바람이
활등 같은 신화의 등허리에
부딪쳐 온다

                  – 〈무장토성〉 전문

'종달새', '백성의 소리', '천상天上', '무송茂松의 뿌리', '사두봉을 꿈에 안은 그리운 어머니', '부상負商', '동학군東學軍' 등이 나오는 '무장토성'을 이야기로 만들면, '오랜 세월 토성을 지키러 나온 무장의 민중들은 하늘

의 도움으로 삶을 영위해 왔다.'

'백여시', '꽃상여' 로 이어지는 백성들의 어려운 삶. '동학군' 의 등장으로 민중 혁명 권력자와 외부 세력의 결탁으로 인한 퇴폐 등으로 이어지는 삶의 역사는 진을주 시인의 눈으로 어려운 백성들에 대한 연민과 더불어 민족적 고향 의식으로 승화된다. '푸른 건반', '오월의 선율', '맥박소리', '함성', '말발굽소리' 등의 시각적 청각적으로 음악성을 결합해 자연스럽게 詩化하였다.

제4시집은 역시 1990년의 《그대의 분홍빛 손톱은》에서 사랑과 그리움의 극치를 이룬다.

우선 시를 직접 보자.

그리움의 눈매 속에
꽃잎으로 피어서

내 환상의 나래로
물살도 없이 흘러 와요
그대의 분홍빛 손톱은

설레임의
미소 속에
꽃잎으로 떠서

내 달아오른 입술 가에로
어리마리 어리마리 흘러 와요
그대의 분홍빛 손톱은

사무침의 눈빛 속에

꽃잎으로 흔들려서

내 목 언저리로
넘실넘실 나래질이어요
그대의 분홍빛 손톱은

떨리는 긴장 속에
꽃잎으로 숫저어

내 머리 뒤돌아
뉘엿뉘엿 스쳐 와요
그대의 분홍빛 손톱은

— 〈그대의 분홍빛 손톱은〉 전문

앞서 진을주 시인의 시가 정관적 자세란 말을 했는 바, '그대의 분홍빛 손톱은'에서 절정을 이룬다. '그리움의 눈매', '꽃으로 피어서', '환상의 나래', '물살도 없이', '꽃잎으로 떠서', '내달아 오른', '어리마리 어리마리', '사무침의 눈빛 속에', '꽃잎으로 흔들려서', '떨리는 긴장 속에' 라는 詩語가 보여주듯이 시는 사랑시의 진수다.

　"설레임의 미소 속에 꽃잎으로 떠서 내 달아오른 입술가에로…… 사무침의 눈빛 속에 꽃잎으로 흔들려서 내 목 언저리로 넘실넘실 나래질이어요……."

이쯤 되면, 연애편지 구절로 연서를 보내면 잠을 못 이룰 것이라 상상해 볼 수 있겠다.
진을주 시인의 정관적 자세의 표현이다.

음악적 율조를 동원한 직접적 호소력을 지닌 시다.

보통 회화시라는 것은, 이미지를 중시한 시이며, 논리시라고 하면, 말의 이지적 용법으로 이루어지는 아이러니컬한 특성이 있는데, 사실 현대시의 미학美學의 중심은 음악적 차원에서 시각적 차원으로, 지적이고 논리적인 차원으로 변모해 가고 있는데, 사실 서정시에서 그 정서를 환기시키는데는 시의 음악적 성격이 우선일 터이다.

현대시가 회화적 논리적으로 변모했다고는 하지만, 이러한 음악성을 간과한다면 정서의 상실을 가져올 것이다. 왜냐하면, 그 정서의 상실이야말로 시 자체를 무력하게 만들 것이기 때문이다.

한 편의 시라고 하는 것은 리듬, 이미지, 의미의 3요소가 유기적으로 결합 구성되어야 하기 때문이다.

《그대의 분홍빛 손톱은》에서 중요한 이미지는 신체적 자각에 일어난 감각이 마음 속에 재생된 것인데, '그리움의 눈매', '그대의 분홍빛 손톱은', '내 달아오른 입술', '사무침의 눈빛 속에', '내 목 언저리', '내 머리 뒤돌아'에서 보는 것처럼 리듬과 함께 감각에 호소했다. 물론 관념과 존재라고 하지만, 그 이미지 속에 통합이 되었다. 한때 지각되었으나 현재 지각되지 않은 어떤 것을 기억하려고 하는 경우, 상상력에 의해서 지각되는 내용을 결합하는 경우, 신체적 자각이 아니라도, 언어에 의하여 마음 속에 생성된 이미지 군으로서의 이미저리가 시어에 의해 돋보인다 하겠다.[8]

제5시집은 90년에 출판이 되었는데, 6월 23일이고, 8월 10일이다.

여기에는 첫 시집(1966)에 들어 있는 〈부활절도 지나 버린 날〉, 〈가로수〉 등이 첫 페이지에 두 편 다 들어 있는데, 아마도 저자가 대표작(?)으로 생각, 다시 넣었는지 모르나, 〈바다에게 주는 시〉, 〈부도 수표〉, 〈오자가 무성한 거리〉, 〈곡마단 소녀〉, 〈하늘〉, 〈교향악〉, 〈귀성〉 등과 더불어 제2

---

[8] 이미지의 메카는 주로 기억, 공상, 상상력 등인데, 기억이라는 것은 과거 체험을 심상으로 보존하여 시의 제재로 공급한다. 기억이 제공하는 心象은 변형되지 않는 재현적 心象, 기초적 心象인데, 기억이라는 것이 상상의 원천이 될 터. 공상과 상상력은 이미지 결합의 技能에서 구분될 터이다.

시집의 《슬픈 눈짓》도 들어 있다. 서문도 발문도 없으니, 그 까닭을 알 수가 없으나, 특이한 것은 《사두봉 신화》의 〈터주신〉, 〈조상신〉, 〈조왕신〉 등이 다 들어 있음으로 그 어디에도 한 마디 언급이 없으니, 선집으로 간주할 밖에. 그러므로 90년에 두 권의 시집이 나온 이유를 짐작하면 된다고 보겠다.

결국 15년만에 나온 시집이 《그믐달》이다. 15년이란 세월 속에 진을주 시인은 변환하고 있는 것이다. 그의 자서를 읽어보면 확연해진다.

"토성 최대 위성인 타이탄 모습이 드러났다.

타이탄은 달에 이어 인류가 두 번째로 방문한 태양계 위성이다. 과학이 달에 갔을 때는, 그에 앞서 시가 먼저 달에 다녀온 것이라고 말들을 했으나, 이번에 타이탄에 과학이 먼저 다녀온 것은, 시가 편안하게 마음 늦추고 있을 때, 다녀오게 된 것으로 보아도 좋을 비유가 될 것 같다."

이 말은 다름 아니라, 예전엔 과학보다도 시가 먼저 가고 있었으나, 지금은 시가 깊은 늪에 빠져들고 있지나 않은가 하는 자성의 말을 하고 싶은 것이다.

"1997년 10월에 지구를 떠난 탐사선 호이겐스는 7년간의 여행 끝에 타이탄에 도착해 임무를 완수했는데……영하 180도 얼음 바위를 알아냈고, 메탄구름층을 확인했으며, 38억 년 전 원시 지구와 비슷하다는 것까지 알아냈다…… 여기서 중요한 것은 원시 지구에서는 번개가 칠 때, 그 에너지에 의한 화학반응으로 생명체가 탄생한 것으로 추정된다는 것 …… 결국 시도 과학을 뛰어넘어 미래의 예언자가 되었으면 한다."

고 말했다. 그렇다. 진을주 시인은 5시집 이후, 15년 동안 그 변환한 모습을 제6시집 《그믐달》로 엮어냈다.

표제시인 〈그믐달〉을 보자.

낚싯대가 놓쳐버린 뛰는 심장

호수 위에 파문波紋으로 일어서는 결단을 내릴 때

밤내 앓더니 날이 새기 전에 또 입질이구나

– 〈그믐달〉 전문

시 작업은 재능보다는 진실로써 형성된다. 요즘 군소리며 수다 떠는 이야기체의 글을 대하다가, 우리는 크게 눈을 뜨게 된다. 진을주의 〈그믐달〉은 명시다. 3연의 이 짤막한 시 형식을 통해 시인은 그의 인스피레이션의 전부를 조화롭게 창출하고 있다.

그야말로 비구상의 시의 매력을 이 이상 더 어디서 찾아 나서겠는가. 이 시는 메타포의 세계를 여봐란 듯이 제시했다고 홍윤기洪潤基 교수는 쓴 일이 있다. 이 〈그믐달〉은 진을주 시인의 대표작으로 부상할 수 있겠다. 홍윤기 말대로 메타포(metaphor)의 진수眞髓를 뽑아낸 것이다.

한 편 더 보자.

불가마 속에서 꺼내들고
수없이 쇠망치로 때려 부수다가
어느 날 눈에 번쩍 띈 천하일품天下一品

아찔한 흥분에
하늘로 던져보고 얼러보다가
홀랑 날아가 버린 白瓷항아리

당신 때문에 얼마나 많은 세월이 슬펐습니까

— 〈만월〉 전문

　진을주 시인의 과학적 사유로 변환하고 있는 것 같다고, 그의 자서를 소
개했지만, 빅뱅우주론(Big Bang, BB)은 20세기 후반 한때 라이벌이었던
연속 창상 우주론(Continuous Creation, CC)과 사투를 벌였지만, 그 논쟁
에서 이기고, 물리학과 천문학 역사에 큰 획을 그었지만, 퀘이사라는 수수
께끼 천체가 등장하면서, 진위를 의심받게도 했다. 그러나 여러 가지 검증
결과 정설로 자리 잡았다고 한다. 은하계의 엄청난 수를 흔히 천문학적 숫
자라고 하지만, 우리나라 사람들은 별로 놀라지 않는다.

　우리 눈에 긴 강처럼 보이는 은하수는 1,000억 개의 별이 모여 형성한
은하의 모습이지만, 우리는 그저 '푸른 하늘 은하수 하얀 쪽배에 계수나
무 한 나무 토끼 한 마리'라고 읊고 만다. 이것이 한국인의 시인의 정서다.
물론 창피할 것은 없지만, 우리나라의 시인들의 정서의 일단이다.

　물론 서양에서도 여신 헤라의 젖이 흐른다고 하여 'Milky way'라고 했
으니, 우리와 다를 것이 없지만, 은하를 일컫는 gaeoxy의 어근, galac도 우
유를 가리키는 말이다.

　그런데, 만약 우주의 크기를 지구 정도로 축소한다면, 지구는 원자보다
도 작아질 터이다. 은하의 지름은 약 10만 광년 정도인데, 우리와 가까운
은하단은 처녀자리에 있는데, 그 지름이 700만 광년 정도 되는 球 안에
1000개의 은하가 모여 있다고 한다.

　20세기 초반 허블(Hubble)이 우주의 비밀을 발견했는데, '팽창 우주'란
말을 했다. 아인슈타인의 새로운 중력 이론인 일반 상대성이론의 기본 방
식에 팽창 우주를 기술하는 답이 포함되어 있다. 결국 과학도 상상력인데,
예를 들어 북극에는 북쪽이 없다는 사실이다.

　우리가 지구상에서 북쪽으로 계속 가면, 북극에 도달하겠지만, 북극에
도달하는 순간 더 북쪽으로 갈 수 없다. 그 말은 우리가 과거로 거슬러 올

라가면, 언젠가는 태초에 도달하겠지만, 태초에서 더 먼 과거는 없다는 것이다. 다시 말해 북극에서는, 어느 쪽으로 넘어져도 남쪽인 것, 그러니까 太初에서는 미래라는 시간 방향만이 존재한다는 것이다. 그러니까 太初 이전의 세계는 존재하지 않는다. 예를 들어 영도보다 더 추운 온도는 없는 것과 같다.

우주의 종말에 대해서도 마찬가지다.

하늘로 돌을 던지면, 두 가지 이론이 성립한다. 다시 땅으로 떨어지던가, 지구 밖으로 탈출하던가이다. 그 돌이 어떤 정도로 던져졌는가에 달렸을 것이다. 우주의 종말도 어떤 정도로 대폭발을 하느냐일 터, 무한히 팽창하느냐, 팽창을 하다가 멈추느냐에 달렸다.[9]

현재까지도 천문학자도 어떤 것이 우주의 운명인지 모른다. 말이 길어졌지만, 결국 과학도, 종교도, 문학도, 결국 상상력의 산물이란 얘기다.

여기에 우리 시인들이 별로 관심 없던 분야에 진을주 시인이 과학에 눈을 돌린 것은, 한국 시단을 위해 대단히 의미 있는 일이다. 그 말은 한국 사회가 산업화 이후, 정서적으로 고갈되다시피 해, 이상화 · 한용운 · 김소월 · 신석정 · 정지용 · 노천명 · 이육사 · 유치환 · 윤동주 등이 다시 살아나 시집을 낸다 한들, 예전같이 사람들의 이목을 집중시킬지는 의문이 간다. 위 시인들의 시를 즐겨 애송한 독자들은, 지금 나이 중년 이상으로 그들이 살아온 시대적 공간적 배경과 정서가 이상화 · 김소월 등이 쓴 시와 맞물려 있었기 때문인데, 오늘날 시인들도 시대와 현실을 감안하고, 여기에 부응한 정서 및 사상을 바탕으로 좋은 시를 쓰는 시인이 많기는 하지만, 독자들이 시를 멀리하는 이유는 결론적으로 시대에 부응하지 못한 결과일 터이다.[10]

---

9) 박석재, 《빅뱅우주론》, 현대 사상 키워드 2004. 『신동아』 특별 부록. 우주는 모든 물질이 한 점에 모여 일으킨 대폭발의 결과다. 우주는 대부분 수소와 헬륨으로 구성돼 있지만, 끊임없는 핵융합 과정으로 인해 언젠가는 수소와 헬륨이 고갈될 것. 그때 별의 탄생은 더 이상 일어나지 않을 것, 결국 은하들은 밝은 별들을 더 이상 갖지 못하고 백색왜성, 중성자별, 블랙홀 등과 같은 별들의 '시체'만 지니게 될 것이다. 이것은 앞으로 약 1조 년 뒤의 일이라고 말한다.

그러므로 진을주 시인의 과학에 대한 관심은 문단의 큰 성과이리라. 광주의 진헌성 시인이 과학과 종교에 깊은 관심을 갖는 것과 같은 맥락에서 경하할 일이다. 물론 자아의 존재 사물은 제 스스로 발현하는 것이며, 스스로 개현하는 것이요, 현전자로서의 이 존재자는 단적으로 수용하면서, 이 현전자에 대하여 자기를 개방하는 현전자現前者로서 인간에게 나타날 것이다.[11]

과학에 대한 시인의 관심, 이것은 대단히 중요한 것일 터이다. 왜냐하면 과학은 위기에 의해 발전하는 것이기 때문인데, 기존 지식과 새로운 사실의 충돌, 가설과 실험적 사실의 충돌, 이런 것들이 과학 탐구의 핵심을 이룬다. 과학자의 작업이란 단순한 발견이 아니라, 가설을 만들고, 정교한 실험을 통해 검사하는 구성적 작업이 과학의 선구자들이 하는 활동 내용인데,[12] 진을주 시인의 과학에 대한 관심은 우리 문단에서 획기적인 것으로 높이 평가한다는 뜻에서 깊게 적어보는 것이다.

3.
① 모더니즘적 수법의 수련을 거친 인생과 자연에 대한 참신하고 투명

---

10) 박건웅 시인은 해동문협시낭송 제124회 권두언(2005. 2. 19)에서 현재 한국시가 독자들과 먼 이유를 다음과 같이 꼽고 있다. ① 정치 경제의 영향, 60년대 이래 군사정권이 채택한 경제 개발로 산업화가 이루어지고, 경제도 발전하여, 국민 생활이 향상되었으나, 경제 제1주의가 사람들의 마음을 사로잡았다. 아울러 위정자들은 영구 집권을 위해 유신악법으로 국민을 압박했고, 경제적 측면에서는 도시와 농촌의 격차와, 빈부의 격차가 벌어졌다. 이러한 상황에서 참여 문학이 민중적 성격을 띠고 발전했다. 유신과 신군부의 정치적 소용돌이 속에 사회현실을 비판하고 고발하는 시들이 쓰여졌으나, 독자들은 별 흥미를 느끼지 못했다.
② 국민들의 학력도 높아졌지만 시인들의 언어 표현 기법도 놀라울 정도로 발전하면서 웬만한 수준 아니면 이해하기 힘든 시들 즉 '난해시' 들이 많은 시인들에 의해 쓰여졌는데 독자들은 시가 너무 어려워 무슨 뜻인지 모르겠다며 시를 외면하기 시작했다.
③ 산업화 현대화가 이루어지면서 생활에서 TV, 컴퓨터가 차지하는 비중이 커졌다. 사람들은 책보다는 쇼 같은 것을 즐기게 되고, 연령이 낮은 세대일수록 컴퓨터 앞에 앉아 자판을 두들기거나 게임 등에 흥미를 가졌다.
④ 국어 및 문학 교과서의 시가 거의 일제시대 시인들의 시가 아니면, 광복 직후의 시인들의 시다. 대학 입학 수능이 끝나면 다시 읽지 않는다. 그 다음도 몇 가지 더 있는데 생략.
11) M. Heidegger.

한 인식을 보여준 점.

② 신석정의 서문에서 말하듯 멋을 알고 있는 시인으로 속취俗臭를 눈치 채지 못했다고 말하듯 평생을 고고하게 그야말로 선비정신을 일관해 왔고, 그의 천성적인 인간미가 돋보이며, 작품에 나타난 일관된 시정신을 유지해 왔다는 점.

③ 시정신과 더불어 인생, 자연, 허무, 슬픔 등이 투명한 인식 속에 자리 잡혀 참신성이 돋보이며, 인간의 삶의 의미와 리얼리티를 획득했다는 점.

④ '변화와 갈등' 이라는 동일성을 교직交織해 시어가 세련되고 섬세한 감각적 서정성이 풍부하다는 점.

⑤ 〈가로수〉에서 보이는 바와 같이 상징성이 돋보인다. 그것은 시인의 특별한 개성의 소산이다. 그러므로 창조성의 시정신으로 빛난다.

⑥ 명상적 · 정관적 자세가 돋보이는 까닭은 순수미가 서정적 · 상징적

---

12)황희숙, 〈과학에 대한 철학적 반성의 총칭〉, 『신동아』 부록(2004. 1), 361~367쪽.
　　과학 철학은 20세기에 나타났는데, 뉴턴의 물리학과, 유크리드 기하학으로 대표되는 서구 과학이 열역학 상대성이론, 양자역학 등으로 대체되기 시작할 때부터이다.
　　18세기 중엽은 뉴톤이 부동의 위치였고… 베이컨, 칸트 등과 더불어 19세기에 종말을 고하고, 20세기에 와서 에루스트마하, 헤르츠, 막스 프랑크, 피에르 뒤렘 등이 있다. 양자론의 창시자는 프랑크, 20세기 중반에 고전물리학과 그 철학적 해석에 대한 회의는 상대성 이론과 양자역학이 대두되면서(1920~1940), 모든 지식을 감각에 대한 명제로 환원시키려는 마하의 비판적 경험주의와 모든 지식은 논리학의 명제들로 환원될 수 있다는 프레게, 러셀의 논리주의를 두 친권으로 삼았다.
　　논리 실증주의(논리 경험주의)는 통일 과학의 이념이다. 그래서 20세기의 과학은 엄격한 방법론과 존재론으로 정비되고 개별 과학의 급속한 발전과 독립에 대한 철학은 정체성의 위기를 맞아, 비트겐슈타인은 '철학의 총체는 언어 비판이다' 라고 말함으로 철학을 희비론적으로 상승시켜 메타과학(meta-science)으로 규정함으로써 위기를 벗어났다. 그 말은 과학철학이라는 과학의 언어를 분석하는 철학의 과제라는 것.
　　비트겐슈타인의 영향권 아래, 빈학파의 과학자와 철학자들 내부의 두 흐름 중, 하나는 슐리히, 카르나프로, 또 하나는 노이라트 등의 사상은 논리실증주의, 두 고리를 비판한 콰인에게 승격되었고, 그 논리 실증주의가 분석철학의 초기 사상이 되었다.
　　사실 과학자들은 어떤 사건, 그 사건에 대한 숙고를 통해 만들어진 가설에 의해 특정한 사실들을 유심히 보게 되는 바 여기에 가설의 역할이 있고, 그것은 사실이 가설을 제안하는 것이 아니라, 정신을 인도함으로써 확실하고 정확하게 사실을 관찰하게 해주는 것은 오히려 가설로써 그것은 '상상' 을 통해 만들어진다는 점에서, 본문의 종교, 과학, 문학이 모두 상상의 산물이라는 말을 한 것이고, 진을주 시인이 과학에 대한 관심을 갖는 것은 일맥상통해서 한국시가 그쪽으로 관심을 갖기를 기대하는 바다.

으로 절제된 언어 미학으로 인한 情感의 표출이 아름답고 에스프리를 얻었다. 그 말은 자기 충족의 독립된 경험으로 인생관과 세계관을 예술적 의도로 귀착시켰다.

⑦《사두봉 신화》에서 보여 주는 역사성(우리 것 소중, 우리 정서 천착) 민족 의식을 표출한 시집으로 한국의 연작시, 장시 등의 획기적인 성과를 얻었고(元亨甲의 해설 참조), 주체성 확립에 크게 기여하였다.

⑧ 언어를 초월한 인간 존재의 근원적(원형적), 다시 말하면, 詩의 神깊힌 세계에, 또는 존재의(정신적) 現前에 도달하고 있다. (《사두봉 신화》에서 본질적 인간의 삶을 포착, 민족의 삶의 지혜를 캐냈다)

⑨ 詩語의 아름다움으로 사랑 시의 진수를 뽑았다. 그 말은 음악성으로 하여 호소력 있게 이미저리가 유기적으로 그 詩語에 의해 돋보인다.

⑩ 제6시집《그믐달》은 일대 변신하여 과학적 심상을 획득, 진을주 시세계가 완전히 전환을 하여 명실상부 이미지즘 大家의 반열에 들어 완숙미를 보여주고 있다.

이상으로 대강 십여 가지의 특색을 지닌 진을주 시인의 시 세계를 정리해 보았다. 이 외에도 통일에 대한 관심, 고구려 문제 등, 역사, 사회 전반에도 큰 산맥으로 관심을 보여주고 있다.

이러한 문단 활동의 결과로 하여… 한국문협 이사, 상임이사, 『월간문학』 주간, 국제펜클럽 한국본부 이사, 월간 『문예사조』 기획실장, 한국자유시협 부회장, 도서출판 『을원』 편집 및 제작 담당 상임고문, 21민족문학회 부회장, 월간 『문학21』 고문, 『지구문학』 편집 고문, 러시아 극동대학 한국학연구소 자문위원, 왕인문화원 고문……. 한국자유시인상(1987), 청녹두문학상(1990), 한국문학상(1990), 세계시가야금관왕관상(2000), 예총예술문학상 공로상(2003), 한국민족문학상 대상(2005) 등을 수상하였다.

(『지구문학』(2006년 가을) 제35호 게재)

진을주陳乙洲

*생몰년월일 : 1927. 10. 3 ~ 2011. 2. 14
*본관 : 여양, 아호 : 자회(紫回)
*출생지 : 전북 고창군 상하면 송곡리 69번지
*본적 : 서울 은평구 대조동 165 - 21호
*직장 : 서울 종로구 종로17길 12, 215호(뉴파고다 B/D). 지구문학사/ 전화 : 02-764-9679
*직위 : 지구문학 고문, 시인
*배우자 : 김시원(본명 : 김정희)
*자녀 : 동준, 경님, 인욱
*학력 : 1954년 전북대학교 국문학과 학사

*경력 및 사회 활동
1949년 「전북일보」 통해 작품 발표, 문단활동 시작.
1963년 『현대문학』에 시 〈부활절도 지나버린 날〉 김현승 추천
1970~1995년   한국문인협회 이사
1989~1993년   월간 『문예사조』 기획실장
1991~1992년   한국자유시인협회 부회장
1991~2000년   국제펜클럽 한국본부 이사
1994~2011년   도서출판 을원 편집 및 제작담당 상임고문
1996~1998년   민족문학회 부회장
1996~1998년   한국문인협회 감사
1996~1997년   월간 『문학21』 고문
1998~2011년   도서출판 지구문학 편집 및 제작담당 상임고문
1998~2011년   『지구문학』 상임고문
1998~2000년   한국민족문학회 상임고문
1998~2011년   세계시문학연구회 상임고문
1999~2000년   한국문인협회 이사
2000~2011년   러시아 국립극동대학교 한국학연구소 자문위원
2001~2002년   한국문인협회 상임이사
2002~2011년   한국시인협회 자문위원
2002~2011년   왕인문화원 고문
2003년 7월 31일   한일문화선상대학 수료
2005년 3월 14일   사)국제펜클럽한국본부 제32대 자문위원
2005년 5월 2일   제3회 송강정철문학축제위원회 위원장

*생활철학 및 좌우명 : 정직, 성실, 화목

*가훈 : 기회는 날으는 새와도 같다.
　　　　날기 전에 잡아라.

*수상내역
1987년　한국자유시인상
1990년　청녹두문학상
1990년　한국문학상
2000년　세계시가야금관왕관상
2003년 12월 15일　예총예술문화상 공로상
2005년 2월 3일　한국민족문학상 대상
2006년 10월 7일　국제문화예술협회 특별고문

*작품 및 기록사항
1998년　〈바다의 생명〉 지구문학
1999년　〈금강산〉 지구문학
1999년　〈1999 무안연꽃 대축제〉 지구문학

*시집
1966년　시집 《가로수》 교육출판사

*진을주 신작 1인집 발간
1968년　〈M1조준〉 문고당
1968년　〈도약〉 문고당
1969년　〈숲〉 문고당
1969년　〈학〉 문고당

*시집
1983년　《슬픈 눈짓》 보림출판사
1987년　《사두봉 신화》 사사연
1990년　《그대의 분홍빛 손톱은》 혜진서관
1990년　《부활절도 지나버린 날》 이슬
2005년　《그믐달》 을원
2008년　《호수공원》 지구문학
2013년　유고집 《송림산 휘파람》 지구문학

국립중앙도서관 출판시도서목록(CIP)

진을주시전집 : 지은이 : 진을주. -- 서울 : 한누리미디어, 2016
   p. ;   cm

한자표제 : 陳乙洲詩全集
ISBN 978-89-7969-725-4 03810 : ₩50000

한국 현대시 [韓國現代詩]

811.62-KDC6
895.714-DDC23   CIP2016025214

진을주시전집

•

지은이 / 진을주
발행인 / 김영란
발행처 / **한누리미디어**
디자인 / 지선숙

•

08303, 서울시 구로구 구로중앙로18길 40, 2층(구로동)
전화 / (02)379-4514, 379-4519
Fax / (02)379-4516
E-mail/hannury2003@hanmail.net

•

신고번호 / 제 25100-2016-000025호
신고연월일 / 2016. 4. 11
등록일 / 1993. 11. 4

•

초판발행일 / 2017년 7월 20일

•

•

값 50,000원

•

•

ISBN 978-89-7969-725-4 03810